101歳、
アウシュヴィッツ
生存者が語る
美しい人生の見つけ方

The Happiest Man on Earth
The Beautiful Life of an Auschwitz Survivor
Eddie Jaku

世界でいちばん幸せな男

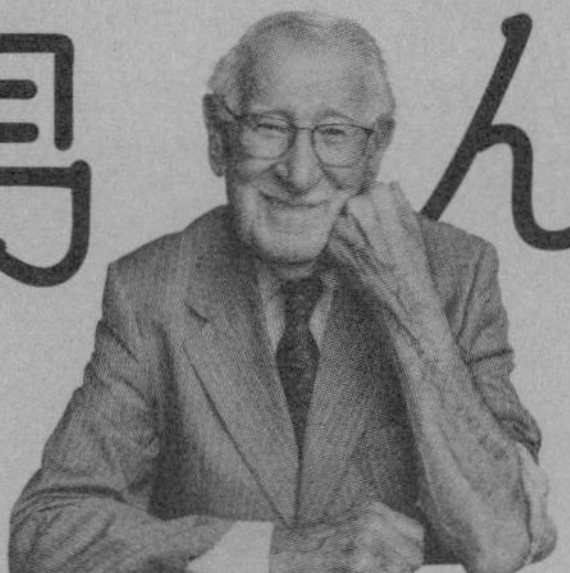

エディ・ジェイク
金原瑞人：訳

河出書房新社

世界でいちばん幸せな男

目次

世界でいちばん幸せな男

これからの世代へ

わたしの後ろを歩かないで。あなたを導けないかもしれないから。
わたしの前を歩かないで。あなたについていけないかもしれないから。
ただ並んで歩いてほしい。友として。

出典不明

本文中の訳注は〔　〕で示した。

【本書に登場する人々】

エディ・ジェイク　ドイツで生まれたユダヤ人

イザドール　エディの父親。ポーランドからドイツに移住した。

リナ　エディの母親

ヘニ　エディの妹

クルト・ヒルシュフェルト　収容所で出会ったエディの親友

フリッツ・ローエンスタイン　収容所で出会った友人

アルトゥール・ブラトゥ　収容所で出会った政治家

デヘアート　ブリュッセルに住む父親の長年の友人

テネンバウム　ブリュッセルでのエディの雇《やと》い主

キンダーマン医師　収容所で出会った被収容者の医師

ハリー・スコルパ　オーストラリアでのエディの身元保証人

フロアー・モルホ　エディの妻

マイケル、アンドレ　エディの息子たち

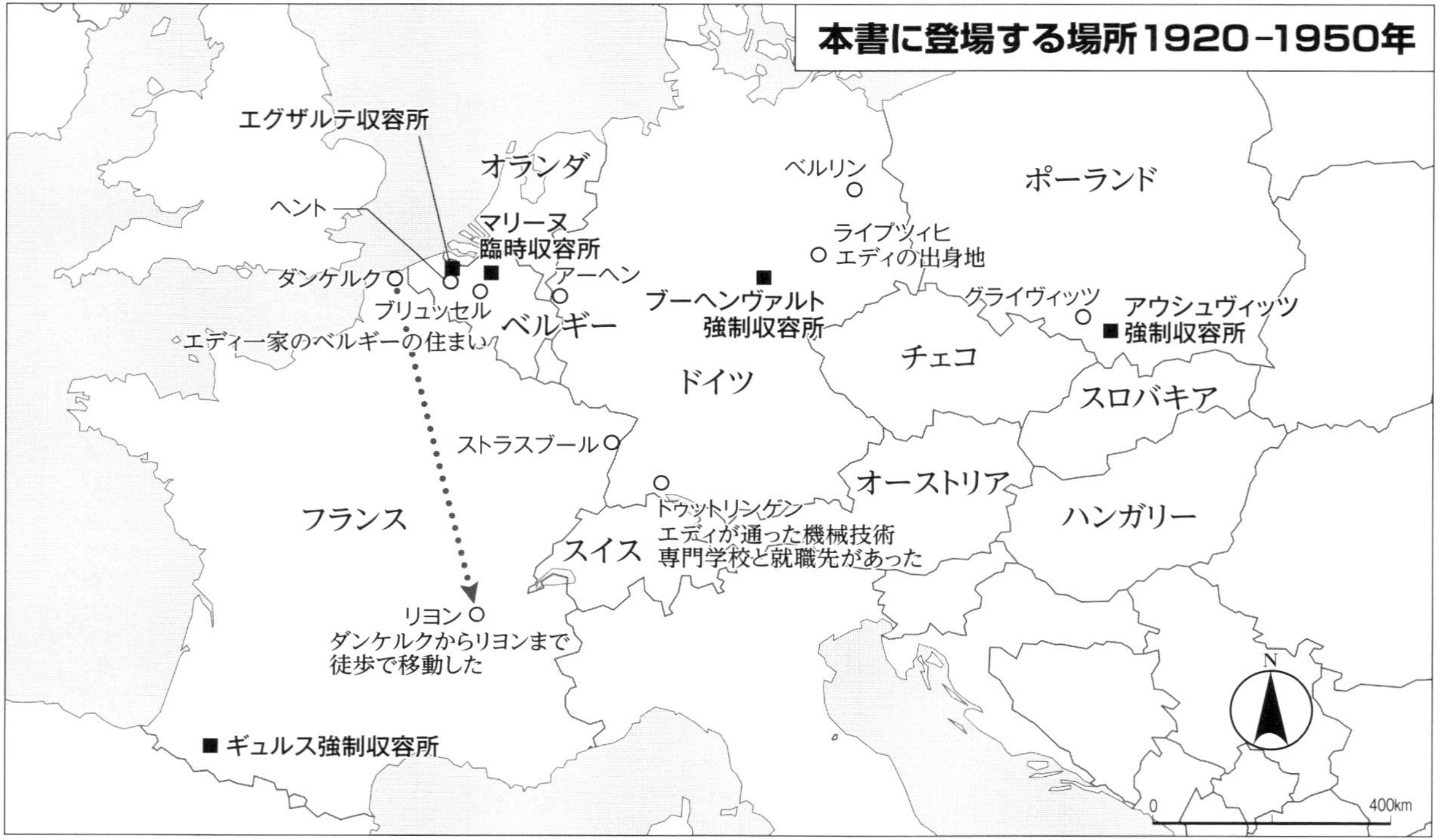
本書に登場する場所1920-1950年
エグザルテ収容所
オランダ
ヘント
マリーヌ
臨時収容所
ダンケルク
ブリュッセル
アーヘン
ベルギー
エディ一家のベルギーの住まい
ベルリン
ライプツィヒ
エディの出身地
ブーヘンヴァルト
強制収容所
ポーランド
グライヴィッツ
アウシュヴィッツ
強制収容所
チェコ
ドイツ
スロバキア
ストラスブール
オーストリア
トゥットリンゲン
エディが通った機械技術
専門学校と就職先があった
ハンガリー
フランス
スイス
リヨン
ダンケルクからリヨンまで
徒歩で移動した
ギュルス強制収容所
N
0
400km

プロローグ

新しい友へ。

わたしは一世紀を生きてきて、悪を間近にみるのがどういうことか知っている。人間の最悪の部分を、死の収容所の恐怖を、わたしの命やわたしの同胞《どうほう》すべての命を奪おうとするナチスの暴力を目にしてきた。

しかしいま、自分は世界一幸せな人間だと思っている。

いままで生きてきて学んだのは、人生は、美しいものにしようと思えば美しいものになるということだ。

これからわたしの物語をお話ししたい。あちこちに痛ましいところもあり、深い闇と深い悲しみにおおわれているのだが、最後には幸せな人生だったと思ってもらえるはずだ。幸せは選ぶことができる。選ぶかどうかは自分次第だ。
その一例を、これから話そうと思う。

第一章　お金より大切なものはたくさんある。

わたしは一九二〇年、ドイツ東部にあるライプツィヒという街で生まれた。名前はアブラハム・サロモン・ヤクボヴィッチ。友人は略してアディと呼ぶが、英語ではエディと発音するので、みなさんにはエディと呼んでもらいたい。

うちは大家族で、みな愛情深かった。父のイザドールには四人の兄弟と三人の姉妹がいて、母のリナは十三人きょうだいのひとりだ。母方の祖母はじつにたくましかった。なにしろ十三人の子どもを育てたのだ。息子のひとりは第一次世界大戦で亡くなっている。祖国ドイツに命をささげたユダヤ人だ。祖母の夫――わたしの祖父――もまた、この戦争で帰らぬ人になった。祖父は従軍チャプレン〔従軍祭司／司祭。戦地で兵士の精神的、道徳的、宗教的ケアをおこなう軍所属の聖職者」だった。

父はポーランドからドイツに移住してきたのだが、だれよりドイツ人であることを誇《ほこ》りにしていた。父が最初にポーランドを離《はな》れたのは、アメリカのタイプライターメーカー、レミントン社で機械技術者の見習いになるためだった。ドイツ語が堪能《たんのう》だった父は、ドイツの商船で働きながらアメリカに渡った。

父はアメリカで技術者として才能を発揮したが、家族が恋しくなり、別のドイツ商船でヨーロッパにもどる。ところが帰国と同時に、第一次世界大戦が勃発《ぼっぱつ》した。ポーランドのパスポートを持っていた父は不法入国者とみなされ、ドイツ軍に抑留《よくりゅう》された。しかし、ドイツ政府は父が熟練《じゅくれん》した機械技師だと知ると、収容所から解放し、ライプツィヒの重火器《じゅうかき》をつくる軍需《ぐんじゅ》工場で働かせることにした。そのころの父は母のリナとドイツを心から愛していて、戦争が終わったあともドイツにとどまった。そしてライプツィヒで工場を始め、母と結婚し、まもなくわたしが生まれた。二年後には、妹のヨハンナが家族に加わった。わたしたちは妹をヘニと呼んでいた。

父の愛国心とドイツ人としての誇りを揺《ゆ》るがすものはいっさいなかった。わたしたち家族はユダヤ人である前にドイツ人だった。わたしたちには、宗教よりもよきライプツィヒ市民でいるほうが重要に思えたのだ。もちろんユダヤ教の戒律《かいりつ》に従い、祝祭日は守っていたが、ドイツに対する愛と忠誠のほうが上だった。わたしは、八百年前から芸術と文化の中心地であったライプツィヒ出身であることが誇らしかった。ライプツィヒは世界でもっとも古い交響楽団をもち、ヨハン・セバスチャン・バッハ、クララ・シューマン、フェリックス・メンデルスゾーンなどの音楽家や、ゲーテ、ライプニッツ、ニーチェなどの作家、詩人、哲学者、その他多くの人々にインスピレーションを与えた街だ。

何世紀ものあいだ、ユダヤ人はライプツィヒ社会の重要な一員だった。中世以降、大きな市《いち》が土曜日ではなく金曜日に開催されているのは、安息日《あんそくび》である土曜日の仕事が禁止されているユダヤ人商人も参加できるようにするためだ。著名なユダヤ人市民や慈善《じぜん》家《か》は、ユダヤ人コミュニティだけでなく、ヨーロッパ各地のとても美しいシナゴーグ〔ユダヤ教の会堂〕の建設にも貢献している。ライプツィヒはさまざまなものがみごとに調和した街で、子どもにとってもすばらしい環境だった。わたしたちの家から徒歩五分のところに動物園があって、そこはどこよりも多種多様な動物を飼育し、多くのライオンを繁《はん》殖《しょく》させていることで世界的に有名だった。幼い男の子がどれほどわくわくしたか、想像してみてほしい。年に二回おこなわれる大規模な見本市にも、父はよく連れていってくれた。ライプツィヒがヨーロッパでもっとも文化的かつ裕福な都市のひとつになったのは、この見本市のおかげだ。ライプツィヒは重要な交易都市のひとつであり、立地条件もよかったことから、新しい技術やアイデアを取り入れ、発信する中心地となった。一四〇九年に設立されたライプツィヒ大学は、ドイツで二番目に古い大学だ。世界初の日刊紙は、一六五〇年にライプツィヒで創刊されている。また、本の街、音楽の街、オペラの街でもある。幼かったわたしは、世界一開け、文化的で洗練された——もちろん世界でいちばん教育の進んだ——社会の一員だと信じこんでいた。しかしそれは、じつに浅はかな思いちがいだった。

　わたしはそれほど信心深くはなかったが、シナゴーグには家族と定期的に行っていた。家のキッチンはコーシャ〔ユダヤ教徒が食べてもよいとされる清浄な食品〕の食生活に合わせた収納や調理ができるようにしてあった。というのも、同居していた祖母がたいへん信心深く、母はできるだけユダヤ教の伝統を大切にして祖母を喜ばせようとしていたからだ。金曜日の夜になると家族全員で安息日《シャボス》の食卓を囲み、祈りをささげ、祖母が愛情をこめてつくった伝統的な料理を食べた。祖母は家を暖める巨大な薪《まき》ストーブの上でよく料理をしたが、そのストーブは暖房でもあり、配管がうまく工夫されていて、熱を逃さず煙だけをうまく外に出すようになっていた。凍《こご》えそうになって帰ってくると、ストーブの横にあるクッションに座って暖をとった。飼っていたルルという名のダックスフントは、寒い夜にはわたしの膝《ひざ》の上で丸くなった。そんな夜の思い出はとてもなつかしい。

　家族を養うために懸命《けんめい》に働いてくれた父のおかげで、わたしたちは何不自由なく育った。しかし父は、人生には物質的なものよりはるかに大切なことがあるのだと、折あるごとにわたしたちに教えた。金曜日の夜になると、母はシャボスの夕食前に大きなハッラー〔ユダヤ教徒が安息日やユダヤ教の祝祭日に食べるパン〕を三、四本焼いた。ハッラーは卵と小麦粉でつくったとてもおいしい儀式用のパンで、特別なときに食べるものだ。わたしが六歳のとき、四人家族なのにどうしてこんなに余分なハッラーを焼くのか父にきいたことがある。すると父は、シナゴーグに持っていって、必要なユダヤ人にあげるためだと言った。父は家族と友人を大切にしていて、いつも友人を家に招いて夕食をふるまっていた。ただ、母は一度に招くのは五人までにしてほしい、それ以上の人数でテーブルを囲むと窮屈《きゅうくつ》でしょうがないからと猛反対していた。

「もし運よくお金と住み心地のいい家に恵まれたら、恵まれていない人を助けなさい」。父はよく言っていた。「人生で大切なことがひとつある。幸運は分け与えるもの。それだけだ」。ほかにも、受け取るより与えるほうが喜びが大きい、人生で大切なもの――友人、家族、親切――はお金よりもはるかに貴重だ、と言っていた。人には銀行の預金残高以上の価値があるのだと。当時はそんなばかなと思っていたが、これまで生きてきて、父は正しかったと思う。

しかし、そんな幸せな家族の光景に暗雲がたれこめ始める。ドイツは危機的な状態だった。第一次世界大戦に敗れ、経済が破綻《はたん》したのだ。戦争に勝利した連合国が、払いきれないほど多額の賠償金《ばいしょうきん》をドイツに要求し、六千八百万人の国民が苦しんでいた。食料も燃料も不足し、誇り高きドイツ国民は貧困が広がるのを痛感した。わが家は経済的に何不自由のない中流家庭だったが、手持ちの現金がいくらあっても必需品《ひつじゅひん》が十分に買えるわけではない。母はよく何キロも先にある市場まで歩いていき、まだ状況がましだったころに買ったハンドバッグや服を、卵や牛乳、バターやパンなどと交換していた。十三歳の誕生日に父からなにがほしいかときかれたわたしは、卵六個と白パンとパイナップルと答えた。ドイツ人はライ麦パンが好きなので、白パンはなかなか手に入らなかっ

エディ（前列右）と親族。1932年。このなかでエディだけがホロコーストを生きのびた。

10代のエディといっしょに、（左から）母リナ、父イザドール、妹ヘニ。

たし、卵を六個なんて想像もできないほどぜいたくだし、パイナップルにいたっては、みたことさえなかった。ところが父は、パイナップルまで手に入れてきた。どうやったのかはわからないが、それが父だった。わたしの喜ぶ顔をみるためだけに、とてもできそうにないことをやってのける。わたしは大喜びで、卵六個とパイナップル一個を一気にたいらげた。あれほどぜいたくな食事は初めてだった。母にはゆっくり食べなさいと注意されたが、そんなことができるはずがない！

インフレがひどかったので、保存食品も買いだめはできず、将来の計画を立てることもできなかった。父はよく現金を詰めこんだ手提げかばんを持って仕事から帰ってきたが、翌朝にはただ同然になっていた。父はわたしを使いに走らせ、こう言った。「なんでもいいから、買えるものがあったら買ってこい！　パンが六斤《きん》あったら、全部買ってくるんだ！　明日になったらなにも手に入らなくなるからな！」。お金のある人でさえ生きていくのはたいへんだった。屈辱《くつじょく》に打ちひしがれ、怒りにかられていたドイツ人はしだいに理性を失い、状況がよくなるならどんな解決策でも受け入れるようになった。そんなドイツ人に、国家社会主義ドイツ労働者党《ナチス》とヒトラーは解決策を約束した。そして、敵という存在をつくりあげた。

一九三三年、ヒトラーは権力をにぎると、反ユダヤ主義の波を起こした。わたしが十三歳のときだった。ユダヤ教では男児が十三歳になるとバル・ミツバと呼ばれる成人の儀式をおこなう。バル・ミツバは〝戒律の子〟という意味で、儀式のあとには通常、盛大なパーティが催《もよお》され、ごちそうを食べたり、踊ったりする。こんな時期でなかったら、ライプツィヒの荘厳《そうごん》なシナゴーグでおこなわれていたはずだが、ナチスの支配が始まってからバル・ミツバは禁止されていた。そこで、わたしのバル・ミツバは同じ通りの三百メートルほど先にある小さなシナゴーグでおこなわれた。そのシュル（シナゴーグの別名で、〝本の家〟を意味する）を運営していたラビ〔シナゴーグの主管者〕はとても頭がよかった。シナゴーグの下の部屋を、ナチス親衛隊《しんえいたい》の息子がいるユダヤ教徒ではない男性に貸していたのだ。反ユダヤ主義者の攻撃があるときは、彼の息子がいつも部屋を兵士に守らせたので、必然的に上にあるシュルも安全だった。シュルを破壊するには、親衛隊の親の部屋も破壊しなくてはならない。

わたしたちはそこでバル・ミツバをおこない、ろうそくに火をともして、家族といまは亡き先祖のために祈りをささげた。ユダヤ教の伝統では、その儀式を終えれば一人前の大人とみなされ、自分の行動に責任をもたなければならない。わたしは自分の将来について考えだした。

小さいころは医者になりたいと思っていたが、その才能はなかった。ドイツには記憶力や手先の器用さを調べる試験をおこなって適性を判断する施設があり、学生はそこに行かされるのだが、試験の結果、わたしは光学と数学に才能があり、視力がよく、目と手の協調能力が発達していることがわかった。すぐれた技術者になる資質に恵まれているということだ。そこで、技術者になる勉強をすることにした。

わたしは第三十二国民学校《フォルクスシューレ》〔ドイツの初等義務教育学校〕と呼ばれる美しい校舎のある、とても優秀な学校に通っていた。家からは一キロほどで、歩くと十五分くらいだ。といっても、冬場はちがう。ライプツィヒの冬の寒さはきびしく、一年のうち八か月は川が完全に凍《こお》った。その上をスケートですべれば、五分で着いた！

一九三三年、初等教育を終えたわたしはライプニッツ・ギムナジウム〔ギムナジウムはドイツや近隣諸国における中等教育機関〕に入学した。もし歴史がちがっていたら、そこで十八歳まで勉強していただろう。しかし、そうはならなかった。

ある日学校に行くと、もう授業は受けられないと言われた。ユダヤ人だという理由で、退学させられたのだ。それは父にとって受け入れがたかった。がんこでライプツィヒに有力なコネがあった父は、すぐに計画を立てた。

「心配しなくていい。勉強は続けられる。父さんにまかせなさい」

わたしのために偽造《ぎぞう》書類が用意された。そして父の友人の助けを借りて、イェッタ・ウンドゥ・シェアラ（イエーテル・ウント・シェアレル）に入学した。そこはライプツィヒからはるか南のトゥットリンゲンにある機械技術専門学校で、当時は世界の機械技術の発信地であり、精密機械技師を世界中に送り出していた。そこでは信じられないような機械や、複雑な医療《いりよう》機器、工場で使う機械など、あらゆる種類のものをつくっていた。そこでみた機械のなかには、ニワトリがベルトコンベアに乗せられ、反対側から出てくるときには、羽根をむしられ、洗浄され、包装されているというものもあった。すばらしい！　こうした機械をつくる方法を学び、世界一の工学教育が受けられるのだ。

入学するには一連の試験を受けなければならなかったが、緊張しすぎて、額《ひたい》の汗が落ちて試験用紙がぬれないよう、何度も汗をぬぐわなければならなかった。父を失望させやしないかと、とても不安だった。

わたしはヴァルター・シュライフという偽名《ぎめい》でその学校に入学した。ヴァルター・シュライフはユダヤ教徒ではなく、ドイツ人孤児《こじ》なので、ヒトラーが首相になっても心配することはない。彼は実在するドイツ人の少年だが行方不明になっていた。おそらく、ナチスが台頭し始めたころに、家族とこっそりドイツを離れたのだろう。父はヴァルター・シュライフの身分証明書を手に入れ、政府をうまく欺く偽造書類を作成した。当時のドイツの身分証明書には、特殊な赤外線でしかみえない小さな写真が埋めこまれていた。そのため、証明書の偽造はとてもむずかしかったが、タイプライターなどをつくる工場をもっていた父は、必要な道具や技術を簡単に手に入れてきた。

わたしは新しい身分証明書のおかげで、新たな生活を始め、学校に入学し、機械技師の見習いを始めた。学校はライプツィヒから列車で九時間かかる。身の回りのこと、服装、勉強、すべて自分でなんとかし、秘密は守り通さなければならない。毎日学校に通い、夜は近くの孤児院で、自分よりずっと年上の少年たちと寮《りょう》生活をすることになった。

機械技師見習い生の報酬は、服やその他の必需品がやっと買える程度だ。

　ヴァルター・シュライフでいるのは孤独だった。だれにも身元を明かせず、秘密も打ち明けられない。そんなことをすれば、ユダヤ人だとばれて、危険にさらされる。トイレやシャワーは特に気をつけなければいけなかった。割礼《かつれい》〔ユダヤ教で男子の通過儀礼としておこなわれる、陰茎包皮の切除〕を受けていることがほかの生徒に知られたらおしまいだ。

　家族ともほとんど連絡をとれなかった。手紙を書くのは危険だし、電話をかけるにはデパートの地下に行かなければならず、尾行《びこう》されないよう延々と複雑なルートで回り道をする必要があった。ごくまれに家族と話ができたときは、泣きそうになった。少年のわたしが家から遠く離れた場所にいるつらさは、言葉にはできない。教育を受け、父が望んでいた未来を叶《かな》えるには、それしか方法がなかった。遠く離れた家族と会えないのはつらかったが、家族を失望させるのはもっとつらかった。

　みんながそばにいなくて寂しいと父に伝えたら、強くなれ、としかられた。

「エディ、つらいのはわかるが、いつかわたしに感謝する日がくる」。父はよくそう言った。あとで知ったことだが、父はわたしにきびしいことを言って、電話を切ったとたん、赤ん坊のように泣きだしたそうだ。わたしを元気づけようと、毅然《きぜん》とした態度を装っていたのだ。

父は正しかった。あの学校で学んだことがなければ、その後を生きのびることはできなかっただろう。

五年がすぎた。必死に勉強し、仕事をし、つねに孤独を感じる五年間だった。十三歳半から十八歳までずっと身元を偽《いつわ》って暮らすのがどんなものか、どう説明すればいいだろう。そんなにも長いこと秘密を抱えて生きるのは、たいへんな重荷だ。家族を恋しく思わないときは一瞬もなかったが、勉強は大切だとわかっていたので、必死にがんばった。長年家族と離れて暮らすのはつらくてたまらなかったが、教育を受けたおかげで、多くのものが得られた。

最後の数年は、ひじょうに精巧なX線装置を製造している会社に勤めた。新たな職に就いたため、学校で学んだ技術や理論の実践に加え、まじめで有能な働き手であることを証明しなければならなかった。朝から夕方まで働き、夜は学校に通う日々が続いた。勉強に専念できるのは水曜日だけだった。

孤独だったが、学校の勉強は好きだった。わたしがついて学んだ技術者は、世界的にも優秀な人たちで、小さな歯車から最先端の巨大な機械まで、道具を使ってなんでもつくれそうだった。わたしには、神業《かみわざ》としか思えなかったくらいだ。ドイツは何百万という人々の生活の質を向上させる技術的・工業的大変革の最先端にいて、わたしはまさにその最前線にいたのだ。

一九三八年、十八歳の誕生日を迎えてまもないころ、最終試験を受けた。その後、学校でその年の最優秀見習い生に選ばれ、組合《ツンフト》に勧誘された。当時のドイツの組合は、現代のものとはまったくちがう。労働条件や給与の交渉は二の次だ。それよりも、職業人としてなにができるかが重視されていた。組合に入れるのは、腕がよく、業界でもトップクラスの人だけだった。なぜなら、当時の組合はその分野でもっとも有能な人が集まり、科学や産業を進歩させるために協力する場だったからだ。組合内では階級や信条よりも、技術力が信頼できるかどうかが重視された。若くして組合に入れたのは、本当に光栄だった。

式典でみなの前に呼ばれ、精密工学組合のマスターから表彰された。マスターは細かなレースの襟《えり》がついた伝統的な上質の青のローブをまとっていた。

「本日われわれは、見習い生のヴァルター・シュライフを、ドイツでもっともすぐれた組合のひとつに迎え入れる」。マスターのその言葉をきいたとたん、わたしは泣きだした。

マスターはわたしの体をゆすった。「どうした？　今日はきみにとって最高の日じゃないか。自分を誇りに思っていいんだぞ！」

そう言われても、胸の痛みは消えなかった。両親にこの姿をみせられないのが、悲しかった。これまでの努力の結果を両親にみてもらいたくてたまらなかった。マスターにも、わたしは貧しい孤児のヴァルター・シュライフではないことをわかってほしかった。わたしはエディ・ジェイクで、愛してくれる家族がいて、家族と遠く離れてとてもつらかったということを。

わたしはこの数年間で得た知識すべてを大切に思っている。ただ、家族から遠く離れてすごした時間については一生後悔し続けるだろう。人には銀行の預金以上の価値があるという父の言葉は、真実を言いあてていた。世のなかには、お金で買えないもの、はかることができないほど貴重なものがある。一に家族、二に家族、そして最後にくるのも家族だ。

第二章　弱さは憎しみに支配されることがある。

一九三八年十一月九日。この日わたしは、それまでにない大きな過《あやま》ちを犯した。

学校を卒業し、トゥットリンゲンで精密医療《いりょう》機器をつくる仕事についてから、数か月がたっていた。その日は両親の結婚二十周年の記念日だったので、わたしはふたりを驚かせようと思い、切符を買い、列車に九時間乗って生まれ故郷へ向かった。窓の外にはドイツの森や畑がどこまでも広がっていた。

学校では規制がきびしく、新聞は読めず、ラジオもきけなかった。そのため、わが最愛の国になにが起こっているのかも、全土に反ユダヤ主義の雲が広がりつつあることも知らなかった。

家に着くと真っ暗で、鍵《かぎ》がかかっていた。だれもいない。わたしはみんなが逃げてほかのところに行ったことなど知るはずもなく、家族は家族でわたしが遠く離れたトゥットリンゲンで安全に暮らしていると信じていた。

家の鍵は持っていた。そうでなければ、外で寝なければならないところだった。ドアを開けると、愛犬のルルがいた。ルルはすぐさま飛びついてきて、わたしの足をなめた。ルルがうれしそうだったので、わたしもうれしくなった。

ただ、家族のことが心配でならなかった。こんな夜にどこかへ行くのはおかしい。しかし、とても疲れていたので、五年ぶりに自分のベッドにもぐりこんだ。まさかそこで自分の身にあんなことが起こるとは、思いもしなかった。

わたしは横になって、通りからきこえる遠くの騒音に耳をすませていた。なにが起こっているのかまったく知らなかった。街中でシナゴーグが燃えていることも。やがて、疲れ果てたわたしは眠りに落ちた。

午前五時。ドアを蹴り開ける音で目が覚めた。十人の男が部屋に押し入り、わたしをベッドから引きずり下ろした。わたしはなぐられ、大げさではなく、半殺しにされた。

パジャマがみるみる血に染まっていく。ひとりが銃剣《じゅうけん》を取り出し、わたしの服の袖《そで》を切り落とすと、わたしの腕にナチスのかぎ十字を刻み始めた。そのとき、愛犬のルルがその男に飛びかかった。ルルに噛みつかれたのか、驚いただけなのかはわからないが、ナチスはわたしから手を離した。そして、ライフルの先についた銃剣で、わたしのかわいいルルを刺し殺した。「Ein Juden Hund!《アイン・ユーデン・フント》」。ユダヤ人の犬とののしりながら。

わたしは思った。エディ、おしまいだ。おまえは今日死ぬ。

しかし、連中はわたしを殺しにきたのではなかった。なぐり、屈辱《くつじょく》を与えるためだけにきたのだ。わたしは部屋でなぐられたあと、路上に引きずり出され、何世代にもわたって家族がすごしてきた築二百年の家が破壊されるのをみせつけられた。その瞬間、わたしの尊厳《そんげん》と自由、そして人間への信頼が失われた。生きる支えだったすべてを失った。わたしはひとりの人間から、ごみくずになった。

このいまわしい出来事は水晶の夜《クリスタル・ナハト》と呼ばれている。ユダヤ人が所有する店や家、シナゴーグが、ナチスの準軍事組織〈突撃隊《とつげきたい》〉〔制服の色から〈褐色シャツ隊〉とも呼ばれた〕によって略奪《りゃくだつ》、破壊され、通りのいたるところに散乱したガラスの破片が月の光に水晶のように輝いていた。

ドイツ当局は暴動を止めようともしなかった。

あの夜、ライプツィヒ中、そしてドイツ中で、文明的なドイツ人による残虐《ざんぎゃく》行為がおこなわれた。わたしの街のほぼすべてのユダヤ人の家や会社が襲撃《しゅうげき》され、放火され、破壊された。シナゴーグも。そしてユダヤ人も。

ユダヤ人を襲ったのは、ナチスの兵士やファシストの暴徒だけではない。一般市民、わたしが生まれる前からのわが家の隣人や友人が、暴力と略奪に加わったのだ。彼らはユダヤ人の建物を破壊しつくすと、ユダヤ人――それも多くは幼い子どもたち――をつかまえ、わたしが子どものころよくスケートをしていた川に放りこんだ。薄い氷が張り、水は凍《こご》えるほど冷たかった。わたしがいっしょに育った人々が、男も女も岸に立ち、川でもがくユダヤ人に唾《つば》を吐きかけ、その様子をあざ笑った。

「撃《う》っちまえ!」。彼らが叫んだ。「ユダヤの犬どもを撃て!」

いったいなにがあって、ドイツ人の友人たちは殺人鬼になったのだろう。どうしたら友人を敵と思わせ、あのような憎しみを植えつけられるのだろう。わたしが一員として誇《ほこ》りに思っていたドイツはどこにいってしまったのか。わたしが生まれた国、わたしの祖先の国ドイツは。かつての友人、隣人、同胞《どうほう》が、いきなり、公然と、わたしたちを敵呼ばわりするなんて。

わたしたちの苦しみを楽しんでいたドイツ人を思い出すと、どうしてもたずねたくなる。「おまえたちに良心はないのか？　心はないのか？」と。あれは狂気としか言いようがない。そうでなければ、文明人が善悪をみわける能力をすっかり失ってしまったということか。彼らは身の毛もよだつ残虐な行為におよび、それを楽しんでいた。自分たちは正しいことをしていると思っていた。ユダヤ人が敵だと洗脳されなかった人たちさえ、暴徒を止めようとしなかった。

もし水晶の夜、それなりの数の人が立ち上がって「やめろ！　なにをしている？　いったいどうしたんだ？」と声をあげていたら、歴史の流れは変わっていただろう。しかし、だれもそうしなかった。みんなおびえていた。みんな弱かった。その弱さにつけこまれて、憎しみを抱くようになったのだ。

トラックで、どこかへ連れていかれる途中、血のまじった涙が流れた。あのとき、ドイツ人であることを誇りに思うのはやめた。二度と誇りに思うことはないだろう。

第三章

今日を生きのびれば明日はくる。一歩ずつ進むこと。

トラックは動物園に到着した。わたしはほかのユダヤ人の青年たちといっしょにそこの倉庫に入れられた。最初は三十人ほどだったが、ナチスの暴漢は一晩中ユダヤ人をつかまえては、ここに連れてきた。そして百五十人ほど集まると、全員をまた別のトラックに乗せた。移動中、ほかの人たちが水晶の夜の襲撃《しゅうげき》について詳しく教えてくれた。略奪《りゃくだつ》、シナゴーグへの放火。わたしは恐怖でふるえあがり、家族の安否が心配になった。あのときは、これが悪夢のはじまりにすぎないとは、だれも知らなかった。トラックが街を離《はな》れるにつれ、はるかに恐ろしいことが迫りつつあったのだ。トラックが着いた先は、ブーヘンヴァルト強制収容所だった。

収容所に着いたとき、ナチスの暴漢に痛めつけられたわたしの体は、あざだらけで血まみれだった。その様子をみた所長は驚き、兵士に三十八キロ離れた最寄りの病院までわたしを運ばせた。彼らは二日間、見張りもつけずにドイツ人看護師にわたしの手当を任せっきりにした。もし逃げ出したらどうなるのか、とひとりの看護師にたずねた。すると彼女は、悲しそうな顔でこう言った。

「ご両親はいらっしゃるの？」

「もちろん」

「もしあなたが逃げたら、十五分後にはナチスがご両親をみつけだして、絞首刑《こうしゅけい》にするでしょう」

それをきいて、逃げるのはすっかりあきらめた。父や母はどうなったのだろう。ナチスがくる前にライプツィヒから逃げたのだろうか。友人か親せきの家に無事でいるのだろうか。それともナチスにつかまったのだろうか。ドイツのほかの収容所にいるのだろうか。なにもわからない。恐怖と不安が、看守のようにわたしをとらえて離さなかった。死ぬ心配がない程度まで回復すると、病院が収容所に連絡し、ナチスの兵士がわたしを収容所に連れもどした。

ブーヘンヴァルトにもどったとき、最初はほっとした。まず、病院でけがの手当をしてもらったし、まわりにいるドイツ人のほとんどは教養のある中流階級の職人だった。そして、収容所では友だちも何人かできた。なかでもいちばん親しくなったのは、ベルリンからきた若いユダヤ系ドイツ人、クルト・ヒルシュフェルトだ。彼も水晶の夜の日に拘束《こうそく》された。そんなことがすべて重なって、自分は安全だろうと思ったのだが、それはまちがいだった。

ブーヘンヴァルトはドイツ国内で最大の強制収容所だ。もとは近くにあったブナの森にちなんで、ドイツ語で〝ブナの森〟を意味するブーヘンヴァルトと名付けられたのだが、その後、拷問《ごうもん》を受ける被収容者たちの悲鳴が響いたことから、「歌う森」と呼ばれるようになった。

ブーヘンヴァルトに最初に収容されたのは、一九三七年のナチスの最初の粛清《しゅくせい》で逮捕《たいほ》された共産主義者だ。続いて、政治犯、スラブ人、フリーメーソン、ユダヤ人など、ナチスが人間以下とみなした大勢の人々が収容された。

わたしたちが収容所に着いた当初、移送されてきたユダヤ人全員を収容できるスペースがなかった。寮《りょう》やバラックもなかったので、宿泊施設ができるまで巨大なテントに押しこまれ、地面に寝た。八十頭の馬がいた馬小屋に、千二百人ものチェコ人が収容されたこともある。彼らは寝台を寄せ、ひとつの寝台あたり五人くらいが缶詰のイワシのように寝ていた。環境は劣悪《れつあく》で、病気や飢《き》餓《が》が蔓延《まんえん》していた。

いまではもう、第三帝国〔ナチス統治下のドイツ〕がつくった強制収容所の恐怖と惨状《さんじょう》はよく知られている。餓《が》死《し》寸前の状態におかれ、拷問され、非人道的な迫害を受けてトラウマを負ったユダヤ人。しかしわたしが収容所に着いたころは、まだこれからというところだった。最初、わたしたちは、彼らがどこまで残酷《ざんこく》になれるか、まったく想像できなかった。いったい、だれに想像できただろう。

なぜ拘束され、収容されているのか、わたしたちにはわからなかった。犯罪者などいない。だれもが善良な国民で、勤勉で、仕事があり、ペットがいて、家族と国を愛している。ユダヤ教の服装と社会的地位に誇《ほこ》りをもち、音楽や文学、おいしいワインやビールや一日三度の充実《じゅうじつ》した食事を楽しんでいた。

それがいまや、食事といえば米と肉の煮こみをボウル一杯だけ。目をつけられている政治犯は足首と手首を重い鎖でつながれていたので、すぐにわかった。鎖は短くて重いので、立って食事はできず、前かがみで食べなければならない。わたしたちはスプーンをもらえなかったので、手で食べていた。不衛生な環境でなければ、手で食べてもそれほど問題ないが、トイレには紙がなく、手近にある雑巾《ぞうきん》か、ときには手でふくこともあった。まともなトイレなどなく、あるのは大きな共同便所がひとつ、それも長い溝《みぞ》が掘ってあるだけだ。そこで、最大で二十五人が同時に用を足さなければならない。想像できるだろうか。医師、弁護士、学者といった男が二十五人、排泄物が山になった溝の上で、二枚の木の板に乗って慎重《しんちょう》にバランスをとりながら用を足す光景を。

なにもかもが非現実的で恐ろしかった。なにが起こっているのか理解できなかったし、いまだにまったく理解できない。これからも決して理解できないだろう。

ドイツ人はなによりも法を重んじる国民だった。通りが汚れるのがいやでポイ捨てをしない国民だった。車の窓からタバコの吸いがらを投げ捨てると、二百マルクの罰金が科されることもあった。それがいまや、ユダヤ人をなぐることが許されるどころか、それを奨励《しょうれい》する国になった。わたしたちは些細《ささい》なミスでもなぐられた。ある朝、点呼のベルに気づかず眠っていたら、鞭《むち》で打たれた。またあるときは、シャツの裾《すそ》が出ていたせいで、ゴムの警棒で強打された。

ナチスの兵士は毎朝、恐ろしいゲームをした。門を開けて、二、三百人を逃がすのだが、三、四十メートル行ったところで機関銃《きかんじゅう》を連射し、動物のように撃ち殺す。彼らは死者の服を脱がせて遺体袋に入れると、「あなたの夫（兄弟／息子）は逃亡を試み、死亡しました」という手紙を添えて遺体を家に送り返した。背中の銃創《じゅうそう》がその証拠というわけだ。彼らはそうやって収容所の過密問題を解決していた。

統一ドイツ帝国初代宰相《さいしょう》のオットー・フォン・ビスマルク〔一八一五〜一八九八年〕はかつて世界に向けて「ドイツ人に気をつけろ」と警告した。よい指導者が率いれば、ドイツ人は地球上でもっとも偉大な国民になるが、悪い指導者が率いれば、恐ろしい怪物になる。わたしたちを迫害した兵士には、常識よりも規律が大切だった。行進しろと言われれば行進し、背後から人を撃てと言われたら撃つ。正しいかまちがっているかは考えない。ドイツ人は規則に盲従《もうじゅう》し、その結果殺人者になったのだ。

多くの人はすぐに、ブーヘンヴァルトでは生きのびるより死んだほうがましだと思い始めた。収容所にいた歯科医師のコエンは、親衛隊にひどくなぐられて胃が破裂し、苦しみながらじわじわと死に向かっていた。彼は一週間分の給料の五十マルクを払って、だれかが密かに持っていたカミソリを手に入れた。医学の知識があった彼は、どの動脈を切れば、どれくらいの時間で死ねるのかを正確に計算した。そして、見回りの兵士がくる十七分前に、共同便所の真ん中にしゃがむことにした。十七分あれば、出血多量で死ねると計算したのだ。そして溝に落ちれば、兵士に引っぱり上げられることはない。しかし死にきれなかったら、汚物を洗い流され、傷口を縫われ、罰を科され、「死ぬときはおれたちが決める。それまでは死なせない」と言われるかもしれない。この哀れな男の痛ましい試みは成功した。計画どおり、彼らから逃れたのだ。

これが一九三八年のドイツだ。それまでとはうってかわって、モラルも、敬意も、人としての良識もない。しかし、ドイツ人全員に正気がなくなったわけではなかった。

ブーヘンヴァルトにきて最初にみたナチスのなかに、見覚えのある顔があった。機械技師学を学んでいたとき寮《りょう》にいた男だ。名前はヘルムート・ホエル。わたしがヴァルター・シュライフの偽名《ぎめい》で生活していたころ、彼はいつも親切だった。

「ヴァルターじゃないか！　こんなところでなにをしてるんだ？」

「ヴァルターは偽名だ。本名はエディだ」

わたしは彼の靴に唾《つば》を吐き、怒りをぶちまけた。自分はユダヤ人だ、もうおまえなんか信用できない、前は友人でいいやつだと思っていたが、いまはナチス親衛隊の兵士じゃないか。

かわいそうに、ヘルムートはわたしがユダヤ人だとは知らなかった。あれほど驚いて動揺《どうよう》する人間は、後にも先にもみたことがない。彼はわたしを助けたい、逃がすことはできないが、できるかぎりのことはすると言った。そして所長のところに行き、わたしは善良で腕のいい機械技師だと伝えてくれた。ナチスは機械技師を必要としていたのだ。

第三帝国は世界に向けた国家総力戦《デア・トタレ・クリーク》の準備をしていた。総力戦では、兵士か民間人か、有罪か無罪か、軍需か産業かは問われない。ドイツ社会は戦争用の武器をつくるためにすっかり再編成され、製造や修理に関する専門技術をもっていればだれでも、戦時に重要な人材になりえた。ヘルムートがわたしを推薦してからまもなく、わたしは所長室に呼び出され、彼らのために働く意思があるかとたずねられた。

「はい」

「これから一生だぞ」

「はい」

はい、というだけなら簡単だ。ユダヤ人はずっと贖罪のヤギ《スケープゴート》〔本来、古代ユダヤで贖罪日に苦難や罪を負わせて荒野に放したヤギのことをいい、そこから責任を転嫁して不満の解消をはかる際の対象をいう〕だった。何世紀にもわたり、何度も、何度もだ。しかし、第三帝国は金と生産力をなによりも欲し、その欲望はユダヤ人に対する底知れない憎悪という狂気にまさっていた。収容所にいる者も、ドイツに利益をもたらすことができれば、利用価値があるとみなされる。

わたしは、雇用契約書と声明書にサインさせられた。それには、ナチスはわたしの面倒を十分にみている、収容所では食事を十分に与えられ、快適にすごしたと書かれていた。それからわたしの移送計画が立てられた。そのなかで、父に迎えにきてもらう許可がもらえた。ほんの数時間だが、家に帰って母とすごせる。そのあと父は、わたしが死ぬまで働くことになる工場まで連れていく。水晶の夜のあと、父たちはライプツィヒにもどり、状況がよくなるのを静かに待っていた。ドイツから逃げたかったが、わたしを置き去りにできなかったのだ。

父は大喜びした。息子が自由を得るチャンスを手に入れたのだ。一九三九年五月二日、午前七時。借りた車で父が迎えにきた。わたしはブーヘンヴァルトを離れた。ここにきて、半年後のことだ。

そのときのわたしの気持ちを想像できるだろうか。父がブーヘンヴァルトの門まで車できて、わたしを抱きしめてくれる！　助手席に乗りこみ、ここを立ち去り、自由になる！　まるで天国にいるような気分だった。自由だ、悪夢は終わった。

それから数年間、わたしはこのときの気持ちを何度も思い出しては、自分に言いきかせた。もう一日、一時間、いや一分でも生きのびれば、苦しみは終わり、明日がくる。

第四章

やさしさはどこにでもみつけられる。見知らぬ人からもらうこともある。

予定では、父はわたしをデッサウにある航空工場に連れていき、わたしはそこで機械技師として働くことになっていた。ところが父は車をUターンさせ、まっすぐ国境へ向かった。ドイツから逃げ出すつもりだ。これが最後のチャンスかもしれない。母と妹はまだライプツィヒにいたが、すぐにわたしたちのあとを追って、ベルギーで会う段取りになっていた。

手荷物はなく、現金もわずかだ。もしドイツ人に車を調べられ、長旅をするつもりだと思われたら危険だ。わたしたちは国境のアーヘンの街まで車を走らせた。そこのレストランで密入国あっせん業者に金を払い、ドイツからベルギーまで送り届けてもらう。

借りた車は乗り捨て、業者が運転する車にほかの脱走者数人と同乗した。暗い林道を夜通し走り、人家もまばらな寂しい国境に着いた。業者とはベルギーまで連れていってもう約束だったのに、降ろされたのはオランダ側だった。父とわたしは、ほかの七人の避難民といっしょに道路際の暗がりに集まった。当時のこのあたりの道路はヨーロッパ中の注目を集めるほどで、道幅は広くしっかりつくられ、路面は両脇の側溝《そっこう》から一メートル半も上にあった。わたしたちは側溝に隠れ、道路を渡ってベルギー側に行くタイミングをみはからった。業者は、後ろにサーチライトをのせたトラックがすぐにやってくると警告した。トラックが通過するのを待ち、サーチライトに照らされる前に、一気に道路を渡り切らなければならない。無事に国境を越えたら、十キロ離《はな》れるまで全速力で移動する。ベルギーに入れば法律上、ナチスはわたしたちをつかまえられない。オランダに逃れたユダヤ人の多くはその後ドイツにもどされたが、ベルギーでは激しくなる迫害から逃《のが》れようとするドイツからの避難民を受け入れていた。

わたしは緊張して汗をかいていた。失敗したらどうしようと不安でたまらなかった。しかし父は落ち着いていて、そばを離れるな、なにかあったらおまえの服をつかんで離ればなれにならないようにすると言った。まもなく、業者の言ったとおり、トラックが大きな音を立ててやってきた。夜の静けさにごう音が響く。ライトに目がくらんだが、だれかが後ろからベルトをつかんだ。五本の指でしっかり。父だ。わたしがあわてて駆けださないようにと思ったのだろう。わたしはトラックの通過を待って、すぐにほかの人といっしょに走りだした。ベルギー側の側溝に着いたとたん、トラックのサーチライトがこちらを照らした。その瞬間、わたしは凍《こお》りついた。ベルトをつかんでいるのは父ではなく、グループの女性だ。父はまだ後ろだ。別の女性が側溝から道路に上がるのに手を貸している。父が道路の半分ほどまできたとき、トラックのライトがその姿をとらえた。父はとっさの判断を迫られた。オランダ側に引き返して、おそらくつかまるか、道路を渡ってベルギー側にくるか。オランダ側に行けばつかまる可能性があるが、こちらにくればわたしたちを危険にさらすことになる。父は当然のように、オランダ側に引き返して姿を消した。

わたしは心配でたまらなかったが、何もできない。先に進むだけだ。もしはぐれたら、ベルギーの小さな村、ヴェルヴィエのホテルで落ちあおうと事前に決めていた。わたしはそのホテルに部屋をとり、心配しながら一日中父を待った。やってきた父は大けがを負っていた。

父はふたたび国境を越えようとしたところを、ベルギーの憲兵隊につかまり、なぐられたのだ。わずかな現金しか持っていなかったが、プラチナのカフスボタンを渡して、逃してくれと頼んだ。ところが隊長はカフスボタンをみると、プラチナではなくエナメルだと言い、父をゲシュタポ〔反ナチス運動の取り締まりのために創設された、ナチス・ドイツの国家秘密警察〕に引き渡した。父は収容所にもどる列車に放りこまれたが、すきをみて緊急ブレーキを引き、列車を止めて逃走したという。その夜、父は無事に国境を越え、ホテルでわたしと再会したのだった。

翌朝、わたしたちは首都ブリュッセルまで行き、家族が街の中心部に借りておいたアパートメントに行った。そこはとてもきれいで快適だった。母と妹の部屋もある。しかし、ふたりはこなかった。母と妹も、わたしたちと同じルートで国境を越えるはずだったが、逮捕《たいほ》されてライプツィヒの刑務所に入れられていたのだ。父とわたしが電話をすると、応答したのはゲシュタポだった。ゲシュタポはわたしに、即刻《そっこく》もどってこい、さもなければ母を殺す、と脅《おど》した。

どうする？　母を置き去りにする？　まさか。母をそんな目にはあわせられるはずがない。わたしはゲシュタポに、一分だけ母と話をさせてくれ、と頼んだ。すると母は電話に出たとたん大声で言った。「きちゃだめ！　罠《わな》よ！　おまえを殺すつもりよ！」。そして電話は切れた。

あとになって知ったのだが、ゲシュタポは受話器を取り上げると、受話器で母の顔を思い切りなぐり、母は頬骨《ほおぼね》がくだけた。陥没《かんぼつ》した頬骨は元どおりにはならず、死ぬまで赤くしわの寄った頬に布を当てて隠さなければならなかった。

あのときのわたしの気持ちを想像できるだろうか。怒りと恐怖で、すぐにドイツにもどろうとした。母さんをひどい目にあわせたくないと父に訴えた。しかし父に止められ、大げんかになった。もどればすぐに殺されると父は確信していたのだ。

「行くな！」。父は泣きながら言った。「おまえまで失いたくない」

三か月後、交渉のすえに母はようやく釈放された。母はそのまま、妹を連れて列車でベルギーとの国境にあるアーヘンに向かい、父とわたしの逃亡を助けてくれた密入国あっせん業者に会った。そしてわたしたちは、ブリュッセルで再会するはずだった。

ところが、ふたりがブリュッセルに到着したとき、わたしはそこにいなかった。

二週間。

わたしは自由を得た二週間後に、ベルギーの憲兵隊に逮捕された。今度はユダヤ人としてではなく、不法に国境を越えたドイツ人としてだった。信じられなかった。ドイツではドイツ人ではなくユダヤ人、ベルギーではユダヤ人ではなくドイツ人。どっちにしても逃れようがない。わたしは逮捕され、ほかの四千人のドイツ人といっしょに、エグザルテ収容所に入れられた。

今回はまわりにいろんなドイツ人――社会主義者、共産主義者、同性愛者、障害者――がいたが、そのほとんどはヒトラー政権下のドイツから逃れてきた人々だった。収容所は快適とは言えないものの、残虐《ざんぎゃく》で陰惨《いんさん》なブーヘンヴァルトと比べると、かなり文化的だった。ある程度の自由があり、時間内にもどりさえすれば、十キロ先までなら出かけられたし、専用のベッドと三度の食事が与えられた。朝食にはパンとマーガリンに、マーマレードかハチミツがつく。十分な食事を与えられ、ある程度まともな生活ができた。ただなによりつらかったのは、家族と連絡がとれないことだ。家族はベルギーにいたが、当局に家族の居場所を知られずに連絡できる方法はなかった。

わたしはベルギー政府にかけあって、申し入れをした。「ドイツ人だからといって、収容所に入れられる意味がわかりません。わたしはナチス支持者ではないし、ナチスに協力したこともない。フランス語を上達させる許可をいただきたい。この国の若者にぜひ機械技師学を教えたいのです」。ベルギー政府はわたしの申し入れを受け入れ、身分証明書をくれた。これがあれば、大学のあるヘントまで毎日列車で行ける。ヘントはベルギーのフランドル地方にある古く美しい街で、収容所から二十キロ離れている。そのため、ヘントに行くには特別な許可が必要だった。わたしは毎朝七時に歩いて警察署に行き、身分証明書にスタンプを押してもらってから、大学に行って教えることになった。機械技師学科の講師になったのだ。大学ではフランドル語を学び、フランス語を磨《みが》き、友人をつくる時間も十分あった。

数人の被収容者とも仲良くなったが、信じられないことに、ブーヘンヴァルトで仲良くなったクルトもそこにいた。彼はブーヘンヴァルト収容所を脱走してブリュッセルに逃げ、そこで難民としてつかまっていたのだ。クルトは仕事をしていなかったが、わたしたちは毎晩会って、いっしょに過ごした。ほかにもうひとり、ユダヤ人で腕のいい家具職人フリッツ・ローエンスタインとも仲良くなった。彼は、この状況を最大限に利用し、自分の知識をいかせと、はげましてくれた。

わたしたちはほぼ一年そこにいた。しかし一九四〇年五月十日、ドイツがベルギーに侵攻し、被収容者の状況が一変する。このなかには、ナチスの台頭に抵抗するドイツの高官や政治家だった人が大勢いた。彼らは、第三帝国が崩壊《ほうかい》したあとドイツにもどり、崩壊したドイツ民主主義を再建する計画を立てていた。そのなかにひとり、アルトゥール・ブラトゥという、とても親切で頭のいい人がいた。彼はヴァイマール共和国時代にドイツ社会民主党の政治家として活躍していた。

ブラトゥはつねに冷静で、リーダーにふさわしい人物だった。政治亡命者でありながら、いつかドイツに帰り、ドイツ人に正気を取りもどさせることに尽力するという希望を抱き続けていた。なにがあってもこの人についていこう、とわたしは心に決めた。決して逆境に負けない人だと思ったのだ。

　被収容者をイギリスに移すことになり、ベルギーのオステンド港から出航する難民船が手配された。ところが不運なことに、担当者だったベルギーの役人はナチスの協力者だった。彼は被収容者をドイツに引き渡そうと考え、わたしたちがオステンドに着く前に船を出発させた。そのころにはすっかりリーダーになっていたブラトゥは途方にくれたが、五十キロほど離れたフランスの港町、ダンケルクに向かうことにした。そこなら船があり、ヨーロッパ本土から脱出できると考えたのだ。わたしたちは救援を求めて、フランスの海岸沿いを歩きだした。

　ダンケルクまで十時間。その間に、ドイツ軍は国境を突破してベルギーへ、そしてフランスへと雪崩《なだ》れこんでいた。ドイツ軍の戦車が連合軍を撃破《げきは》し撤退に追いこむのに二週間以上かかったが、わたしたちが着いたのは、ダンケルクの戦いとしてよく知られている、連合軍撤退作戦の真っただなかだった。ドイツの電撃戦《ブリッツクリーク》〔砲兵や航空機の強力な援護を受けつつ、戦車部隊が迅速に戦線を突破する戦術。第二次世界大戦でドイツ軍が実践したことで特に知られている〕により、ダンケルクの海岸に追い詰められた連合軍はドイツ軍の激しい爆撃《ばくげき》を受けながら、民間艦隊による救出を待っていた。

何千人もの連合軍の兵士の死体が地面に転がっていた。あたりには銃撃《じゅうげき》と爆撃のにおいがたちこめている。連合軍の兵士は、小銃《しょうじゅう》や機関銃《きかんじゅう》でドイツ軍を食い止めながら、小型船で一隻ずつ撤退している。残された時間はたった十二時間。それも自力でやってきた兵士しか乗せられず、死んだ者は置き去りだ。へとへとだったわたしたち十数人は、船に乗せてくれと頼みこんだが、船長に断られた。

「イギリス兵だけなんだ。悪いな」

家具職人のフリッツがいいことを思いついた。体形の似たイギリス人兵士の遺体の軍服を脱がせて、着替えたのだ。フリッツはイギリス人将校の前をなんなく通り、無事に船に乗った。わたしも真似ようとした。丸太の上に若いイギリス人兵士の遺体がある。わたしは気の毒に思いながらも、上着を借りようとボタンを外した。次にズボンを脱がせようと体を動かしたとき、腹に弾丸が貫通しているのがみえた。無理だ。このかわいそうな兵士の服を奪う気にはなれない。状況に応じて機転を利かせるのはいいが、だからといってこの哀れな兵士の尊厳《そんげん》を奪っていいことにはならない。これは戦争が奪えなかった、最後の唯一のものだ。

わたしたちはドイツ軍と連合軍にはさまれた。激しい銃撃戦のなか、頭上ではドイツ軍の爆撃機がうなりをあげて飛んでいる。混乱をきわめた脱出劇のなか、わたしはみんなとはぐれてしまい、歩いて南フランスまで行くことにした。別の逃げ道がみつかるかもしれないと思ったのだ。そして路上にいる何千人もの難民の列に加わった。それは、はるか遠くの南フランスまでつながっているのかと思えるくらい長かった。

南フランスまでの長い道のりを、延々と歩き続けた。

二か月半、日の出から日没まで歩いた。そんなに時間がかかったのは、脱走者を捜しているナチスの兵士や親衛隊にできるだけ出くわさないよう、裏道や小さな村を通っていったからだ。

ここで書いておきたいことがある。それは、フランスの小さな村々で見知らぬ人々から受けたやさしさだ。あれほどのやさしさは後にも先にも経験したことがない。あのときわたしは、家の玄関先や公共の場の人目につかない場所で野宿し、当局にあやしまれないよう、早朝のうちに歩きだす毎日をくり返していた。すでにナチスはフランスのいたるところを掌握《しょうあく》し、占領軍の協力者もいた。わたしはまだ暗いうちから歩きだすことが多かったが、村人たちはわたしをみると「ちゃんと食べてるのか？　おなかはすいていないか？」と声をかけ、家に招いて朝食を食べさせてくれた。みんな貧しい農家の人たちで、戦禍《せんか》で自分たちの食べ物さえほとんどないというのに、持っているものを喜んで分け与えてくれた。見知らぬ、しかもユダヤ人のわたしに。そんなことをすれば自分の身が危ないと知りながら助けてくれた。自分たちが腹をすかせていても、パンを分けてくれた。わたしはこの二か月半、ただの一度も、生きるために物乞いや盗みをする必要はなかった。戦後わかったことだが、ヨーロッパ諸国においてフランス人同様、ユダヤ人やその他の迫害されている少数集団をかくまい、保護した、勇敢で正義感の強い人々が大勢いたのだ。

リヨンに着くと、難民が多すぎて道路が封鎖《ふうさ》され、先に進めなかった。わたしは疲れと飢えで気力も体力も底をつきかけていたが、せめて体をきれいにしようと公衆トイレに行った。その地域では、トイレの係員に一フラン渡すとタオルを貸してくれて、使用後は清掃をしてくれる。わたしが一フラン出すと、係員はわたしが着ていたコートを預かり、ぴかぴかのトイレに案内してくれた。ところが、便座に座ったとたんにドアが蹴り開けられた。通りがかりの怒った女性たちがズボンを下げたままのわたしを引きずり出し、蹴ったり、唾《つば》を吐いたりしながら、怒鳴りつけた。「パラシュートスパイ!」。そのころドイツは、ヨーロッパ中にパラシュートでスパイを潜入させていた。彼らは無線を手に敵の前線の後ろにパラシュートで降り、爆撃機に爆弾を落とす地点を無線で指示していたのだ。

係員の女性がわたしのコートをかけるとき、ポケットにドイツのパスポートをみつけ、ドイツ軍のスパイだと思いこんだのだ。まったく、その日はついていなかった。そこへたまたまフランス人の警官が通りかかり、騒ぎに気づいてやってきた。わたしはふたたび逮捕された。今回は、ユダヤ人としてではなく、ドイツ人として。

わたしが送られたのは、フランス南西部のポーという町の近くにあるギュルス強制収容所だったが、それはひじょうに素朴な粗《あら》づくりの建物だった。一九三六年、スペインの内戦から逃れてきたスペイン人のため、間に合わせに建設されたものだ。ここでもベッドと三度の食事が与えられた。わたしはそこで七か月すごした。もし残酷《ざんこく》な運命のいたずらさえなければ、戦争が終わるまでここでひっそりと、みじめながらも尊厳を保ってすごしていたかもしれない。しかしヒトラーは、ヨーロッパ中のユダヤ人、特にドイツが侵略した国に逃れたユダヤ人狩りにますます執着《しゅうちゃく》するようになった。ユダヤ人の多くは高学歴の専門家、医師、科学者で、ヒトラーが自国の科学と産業を発展させるのに必要だったからだ。ヒトラーはユダヤ人を取りもどそうとした。

ナチスの協力者だったヴィシー・フランス〔第二次世界大戦中のフランスの政権。ヴィシー政権とも〕の主席、フィリップ・ペタンは、捕虜《ほりょ》になっているフランス人技術者の解放を望んでいて、フランスに逃げてきたユダヤ人がその交渉の切り札になった。

収容所の司令官に事務所に呼ばれるまで、わたしはなにが起こっているのか知らなかった。彼の話では、わたしはほかのユダヤ人といっしょに移送されるという。それをきくまで、収容所にほかのユダヤ人がいるとは知らなかった。約一万五千人の捕虜のうち、八百二十三人が列車に乗せられた。一車両に三十五人ずつだ。列車に乗るためホームに移動させられたとき、兵士のひとりに行き先をたずねた。すると兵士は、ポーランドの収容所だと言った。アウシュヴィッツの名前をきいたのは、これが初めてだった。

第五章　母親を抱きしめよう。

　そのときはアウシュヴィッツのことなどまったく知らなかったし、知るはずもなかった。あんなことがありうるなど、だれが知りえただろう。しかしナチスのことはよくわかっていたので、二度とナチスの収容所にもどるものかと思った。そこで、比較的安全なフランス領にあるフランスの駅のホームに立って、フランス人の兵士やフランス人の鉄道技師を横目にみながら、脱出を決意した。

　それまでの経験から、フランスではどの駅でも技師がドライバーやスパナが入った小型の工具入れを持っているのは知っていた。わたしは兵士の目を盗んで工具をくすね、上着のなかに隠した。それから列車の運転手のところに行き、ドイツに入国するまで何時間かかるのか、フランス語でたずねた。九時間とのことだった。フランスを出るまで九時間。それを過ぎれば、自由になる可能性はなくなる。

列車が動きだしてから作業にとりかかった。床のボルトをすべて外したところで、床板がはめこみ式になっているのに気づいた。各床板にでっぱりと溝《みぞ》があり、それがかみ合っている。そのため、ボルトを外しても床板は外せない。しかし、使い勝手のいいドライバーがあったので、かみ合っている部分を少しずつ削ることにした。九時間近くたいへんな作業を続け、ようやく二枚の板を外した。そのころには、あと約十キロでフランス北東部にあるストラスブールの国境を越えるところまできていた。もう時間がない。

同じ車両にいた九人は全員やせ細っていたので、床にできた狭いすきまからどうにか下に出た。クモのように車両の底にしがみつく。わたしも命がけで車両につかまった。列車の速度と前方にみえる明かりからすると、まもなくストラスブールに到着するはずだ。着いてしまえば、確実につかまる。手を放せ、とわたしが大声で叫ぶと、全員がレールの上に落ち、枕木《まくらぎ》の上にはりついた。列車が頭上でごう音をあげているあいだ、手で頭を守った。もし車両の下のゆるんだチェーンが当たったら、スイカのように頭蓋骨《ずがいこつ》が割れてしまう。

列車が通りすぎ、頭上には夜空が広がっていた。

わたしたちは安全のため、分かれて行動することにした。まもなく、みんなの姿は暗闇に消えた。あれ以来、だれとも再会していない。わたしは現在位置とブリュッセルの方角を確認した。ここから四百キロ以上ある。わたしは歩きだした。駅から列車に乗るのは論外だ。まちがいなく逮捕《たいほ》される。そこで、駅の外で列車を待ち、ブリュッセルに向かう次の列車に飛び乗った。しかし、駅が近づくたびに飛び降りなければならない。どの駅にも兵士がいて、車両を調べているからだ。みつかれば命はない。そうやって真夜中に列車に飛び乗ったり、飛び降りたりをくり返し、一週間後、ブリュッセルまでもどった。

ブリュッセルに着いてまず向かったのは、両親が住んでいた快適なアパートメントだが、そこに住んでいた男性は両親のことをまったく知らなかった。そこで、家族ぐるみで付き合いのある男性、デヘアートに連絡した。彼なら両親の居場所を教えてくれると思ったのだ。デヘアートは父の長年の友人で、わたしが子どものころにはライプツィヒの家によく遊びにきていたし、毎年クリスマスにカードのやりとりをしていた。彼はブリュッセル警察署の警視でそれ関連のコネがあり、父とも親しくしていた。だからわたしたち家族に不測の事態が起こったときの連絡係になってくれていた。もし家族がばらばらになったときは、彼が父にみんなの居場所を教えることになっていた。

デヘアートが勤めている警察署は覚えていたので、みつけるのは簡単だった。署に行くと、デヘアートはふたりだけで話ができるようにわたしをカフェに連れていった。彼によれば、両親はアパートメントを出て、ブリュッセル郊外に隠れ、妹のヘニもいっしょにいて安全だという。安全といっても、ドイツ占領下の国では安全、というレベルだ。とはいえ、ほかにいい場所もない。ナチスはあらゆるところにいた。

わたしは教えてもらった住所に行き、家族と再会した。家族の隠れ家は、トーハーさんの家の屋根裏部屋だった。トーハーさんは下宿業を営む、九十代後半の男性だ。親切なカトリック教徒で、世界情勢にうとかった。それに高齢《こうれい》のため外出することもほとんどなく、屋根裏部屋にユダヤ人を住まわせることが違法だと知らなかった。ユダヤ人がなにかすら知らなかったかもしれない。

落ちつける場所はみつかった。しかし、両親の体調は思わしくなかった。父は一年以上前にベルギーの警察になぐられて大けがを負い、具合は本人が話していた以上に悪かった。父は死ぬまで歩行が困難で、胃の不調を抱えたままだった。

屋根裏には小さな部屋がふたつあり、快適だったが、かつての生活とはほど遠い。バスルームはなく、ほかの下宿者が寝ている夜中に一階下に降りていくしかなかった。それでも父は、くつろげるようにできるだけのことをしてくれた。こんな状況下でも、すてきな家具をみつけ、できるだけ気持ちのいい住まいにしてくれた。

二か月間、ふたりのおば――母の姉妹――もいっしょに暮らした。ふたりともしばらくは無事だったが、ある日ふたりは郵便物を確認しようと、ブリュッセルのわたしたちのアパートメントに行ったところ、ゲシュタポが待ちかまえていた。それきり、ふたりには会えなかった。ゲシュタポにつかまり、アウシュヴィッツ行きの第十二団列車に乗せられたのだ。しかし目的地に着くことはなかった。ふたりを乗せた列車は途中で道をそれると、ガスが充満するトンネルのなかで停車し、大人も子どもも、全員が死んだのだ。彼らの遺体がどうなったのかだれも知らない。記録も、目撃《もくげき》情報も、歴史に残っていない。殺されたおばたちがどこに埋葬《まいそう》されたのか、遺灰はどこにまかれたのか、わたしたちが知ることはないだろう。あれから何十年もたったが、いまでも胸が痛む。

外にいるのはひじょうに危険だった。密告されるのがつねに怖かった。わたしは昼間に外出したくなかった。髪が黒かったので、疑り深い人はそれだけでユダヤ人と判断するからだ。妹は顔立ちの整った美人で、髪の色は明るい。ドイツ人として十分に通用するので、昼間に少しだけ外出して、家族の食料を調達することができた。しかし、食料の調達はあいかわらずむずかしかった。お金がない上に、配給スタンプもなかったのだ。

エディ。ベルギーにて。1941 年。

戦争で、あらゆるものが不足していた。

配給スタンプがなければ食料は買えず、ベルギーの市民権がなければ、配給スタンプはもらえない。わたしは必死で何十件もの工場を回って仕事を探したが、身分証明書がないのでどこも雇《やと》ってくれなかった。そんなとき、テネンバウム——オランダ人の名前だ——という人が仕事をくれた。夜、だれもいなくなった彼の工場で機械のメンテナンスや修理をして、日当の代わりにタバコをもらうのだ。仕事は真夜中に極秘でおこなう。夜間は外出禁止で、日没後、許可書を持っていないところを路上で発見されると、その場で射殺される。わたしは夜になると見回りの監視の目を避けて工場まで歩いた。工場には小さな隠し部屋があり、わたしは開け方を教えてもらっていた。テネンバウム氏は毎晩、どの機械の修理が必要かをメモに残しておいてくれた。夜明けまでに修理を終わらせるために大急ぎで、ときには徹夜で作業をした。夜間外出禁止令が出ているため、工場の明かりが外からみえるとまずい。そこで、すべての窓を黒い紙でおおった。仕事が終わると、日当——十カートンのタバコ——を持って帰った。

しかし、タバコをもらっていったいどうすればいいのか。必要なのは食料だ。わたしは百以上の店や会社をたずね歩き、タバコを買ってくれる人を探した。幸運なことに、レストランを経営している親切な女性、ヴィクトワー・コルナンド夫人に出会えた。彼女はわたしの代わりにタバコを売って、必需品《ひつじゅひん》を買ってあげようと言ってくれた。毎晩ブリュッセルにもどる途中で彼女の犬小屋にタバコを置く。すると彼女はそれを闇市場に売りに行き、わたしが翌日犬小屋にもどると食料が置いてあった。ジャガイモ、パン、バター、チーズ。ただし、肉はなかった。家族は丸一年、肉を食べていない。肉はどこにも売っていなかった。配給スタンプがあるコルナンド夫人でさえ、手に入らなかった。しかしぜいたくは言っていられない。彼女のおかげで、わたしと家族は何か月も無事に生活できた。

ある夜のこと、家に帰る途中、車が近づく音がきこえたので人家の玄関先に隠れた。間一髪でみつからずにすんだのだが、先客がいたと気づいたときはすでに遅かった。巨大なセント・バーナードが寝ていたのだ。どうして気づかなかったのだろう。頭は馬の頭ほどもあり、異様に大きいというのに。わたしはその犬に思い切り嚙《か》みつかれ、尻の肉を食いちぎられた。あの犬ならわたしを楽に殺せただろう。しかし幸運にも、犬は一回嚙んだだけで満足し、通りを走り去っていった。わたしは足を引きずって家に帰ったが、両親にはなにがあったのか話さなかった。話しても心配をかけるだけだ。昼間に外出するのは危険だったが、治療が必要だ。朝になると注射器と破傷風《はしょうふう》の薬を売ってくれる薬局をみつけ、自分で注射した。次の夜もいつも通りに出勤したところ、残業していたテネンバウム氏に出くわした。わたしが事情を話すと、彼は笑ってこう言った。「頭を撃たれたかもしれないんだ。尻ですんでよかった！」

わたしたちはつねに安全策を考えておく必要があった。父は一室の出入り口を偽物の壁で隠し、窓の外には踏み板を取り付けて、警察がきたときに屋根伝いに走って逃げられるようにした。隣の建物には三人の幼い子どもをもつユダヤ人の家族が隠れていたが、ある日両親が連れ去られ、三人は住む場所がなくなった。そこでわたしたちは、その子たちを引き取った。十二歳と十三歳の男の子とまだ十歳の妹だ。孤児《こじ》になった子どもたちを、母はわが子のように扱った。母は本当にやさしい人だった。

その後まもなく、すばらしい驚きがあった。ブーヘンヴァルトでいっしょだったクルト・ヒルシュフェルトがブリュッセルにいたのだ！　彼はフランスの拘留《こうりゅう》から逃れ、ブリュッセルに帰ってきていた。そのときから、わたしたちは兄弟同然になった。いっしょに住んでいたわけではないが、彼は日が暮れてからパトロールの目を避けて、金曜日の夕食に何度も加わった。クルトはいとこと、いとこのイギリス人の妻といっしょに住んでいた。わたしは仕事に行く前に、クルトとよくいっしょにすごした。そのころ、クルトの親族はもうかなり少なくなっていて、両親はすでにベルリンで殺されていた。母はクルトをとても気に入り、もうひとりの息子のように迎え入れた。

いまでも夜にベッドに横になりながら当時をふり返り、あれが人生で最良の時期だったと思うことがある。家族が屋根裏でいっしょにすごしたあのときの思い出は、ずっとわたしの宝物だった。狭苦しく、ときには不便なこともあり、生きるためだけに身を粉《こ》にして働いていたが、家族がいっしょだった。これこそ、ヴァルター・シュライフという名で素性を偽《いつわ》って暮らしていた孤独な日々のなかで、そしてブーヘンヴァルトでいつも夢みていた生活だ。これこそ、おびえ、孤独だった若いわたしが望み求めていたものだ。そしてすばらしいことに、数か月、この夢が叶《かな》ったのだ。

こうして十一か月がすぎた。そんなある日、クルトがいなくなった。わたしは最悪の事態を恐れた。密告され、親衛隊《しんえいたい》に逮捕されたのだろうか。クルトのことがとても心配だったが、結局わたしもベルギーに長くはいなかった。

一九四三年の冬のある晩、わたしが仕事に出かけた直後に家族が逮捕された。ベルギーの警官がアパートメントを家宅捜査し、両親と妹を拘束《こうそく》したのだ。逃げようと思えば逃げられたのかもしれないが、時間がほとんどなく、そのあいだに家族は子どもたちを偽物の壁の後ろの部屋に隠れさせた。下の男の子は風邪を引いていたので、くしゃみをして見回りにばれないよう、父がハンカチをくわえさせておいた。

警官はわたしがもどってくると知っていたので、一晩中待っていた。午前三時十分に帰宅すると、九人の警官が暗闇のなか居眠りをしながらわたしを待っていた。わたしは彼らを大声で罵倒《ばとう》した。「裏切り者め！　必ず後悔させてやる！」。しかし、どうにもならない。わたしはブリュッセルにあるゲシュタポ本部に連れていかれた。家族もすでにそこにいた。わたしは父といっしょの監房《かんぼう》に、母と妹は別の監房に入れられた。だが、小さな奇跡があった。警官が一晩中アパートメントで待っていたにもかかわらず、子どもたちはみつからずに生きのびたのだ。彼らは別のユダヤ人家族が引き取り、終戦まで安全にすごした。ずいぶんあとになって再会したが、三人とも元気で幸せに暮らしていた。ひとりはベルギーで、ふたりはイスラエルで。彼らを救ったのは、父の機転と勇気だ。

わたしたちは家族いっしょに、ベルギーのマリーヌにある臨時の収容所に送られた。そこにはユダヤ人が大勢集められていた。まとめてベルギーからポーランドまで列車で運ぶためだ。ドイツ人はなにをするにも恐ろしいほど効率を重視する。百五十人乗せられる貨車を十両連結して、一列車の最大積載《せきさい》人数が千五百人になるようにしていた。

寒さのなか列車を待っているあいだ、不安でたまらなかった。ドイツの強制収容所を身をもって体験していたので、この先の悪夢はなんとなく想像できたが、どれほどの悪夢かまではわからない。しかしそのとき、信じられないことが起こった。駅の向こう側でだれかがふざけたふりをして踊り、気を引こうとしている。わたしは目を疑った。クルトだ！　彼はブリュッセルで夜に出歩き、警察に止められたのだが、許可書も百フランも持っていなかったので、浮浪罪《ふろう》で逮捕されたのだ。いろんな逮捕理由があって驚いてしまう。ユダヤ人、ドイツ人、浮浪者！　彼は数週間前につかまっていたのだが、移送するユダヤ人が千五百人集まるまでこの仮収容所に入れられていたのだ。恐ろしい状況だったが、クルトに再会できたのはとてもうれしかった。

まもなく、ナチスは千五百人をまとめて貨車に乗せ始めた。男も、女も、幼い子どももいる。わたしたちは缶詰のイワシのように押しこまれた。立ったり、膝《ひざ》をつくことはできたが、横になったり、コートを脱いだりする余裕はない。外は凍《こご》えるほど寒かったが、なかはすぐに空気がよどんで耐えがたいほど暑くなった。

到着までに丸九日かかった。列車は速くなったり遅くなったりしたが、ときには何時間も止まることもあった。食料はなく、水もごくわずかだ。各貨車には二百リットル入りのドラム缶に入った水が積まれていたが、到着まで百五十人がこれだけですごさなければならない。もうひとつ同じサイズのドラム缶が積まれていたが、これはトイレ用だ。男女問わず、健康な人も病人も、人前でそれを使わなければならなかった。

飲み水の不足は深刻な問題だった。人間は食料がなくても数週間生きられるが、水がなくては生きられない。その問題を父が解決した。父はポケットから――いまになっても、どこでみつけてきたのかさっぱりわからないが――小さな携帯用の折りたたみ式コップとスイス製のアーミーナイフを取りだすと、一枚の紙を百五十枚の正方形に小さく切り分けた。父は配給システムについてみんなに説明した。ひとりが飲める水は一日二杯、朝と夜に一杯ずつだ。こうすれば、全員生きのびられるし、水をできるだけ長くもたせることができる。朝に一杯の水をもらったときに紙が渡され、夜にその紙を返すと二杯目がもらえるが、紙をなくした人は水がもらえない。日がたつにつれ空気はよどみ悪臭が漂うようになった。排泄物の缶の中身が増え、ドラム缶の飲み水は減っていった。一日二回の水の配給時間だけが、だらだらと続く時間の区切りになった。

やがてほかの車両では水がなくなり、壁の向こうから線路を走る列車の音より大きな声がきこえてきた。女性が叫んでいる。「わたしの子どもたちは喉《のど》がかわいているんです！　水をください！　代わりに、この金の指輪をさしあげます！」

それから二日後、その貨車は静かになった。

目的地に到着したとき、ほかの貨車に乗っていた人の四十パーセントはすでに死んでいた。わたしたちの貨車で死んだのはたったふたりだった。父のおかげで、多くの人が生き残れた。少なくとも、アウシュヴィッツに着くまでは。

一九四四年、ポーランドで寒さが一番きびしい二月、列車はアウシュヴィッツ第二強制収容所のビルケナウがある駅に到着した。わたしは初めて、有刺鉄線《ゆうし》の上に掲げられた悪名高い鍛鉄《たんてつ》の看板のドイツ語を目にした。ARBEIT《アルバイト》 MACHT《マハト》 FREI《フライ》──労働が自由をもたらす。

地面は泥が凍《こお》って滑りやすく、最初に貨車から降りた人は転んだ。貨車は地面よりかなり高かったので、ホームに飛びおりなければならなかった。だれもが疲れきっていて、なかには具合の悪い人もいたが、まだ体力が残っていた父とわたしは貨車に残って、女性や子どもや老人が降りるのを手伝った。母と妹が降りるときも手を貸したが、ほかの人を助けているあいだに、ふたりの姿は目の前の人々のなかに消えていた。ナチスの兵士が警棒や銃や獰猛《どうもう》で気の荒い犬を使って、みんなを牛のように追い立てていたのだ。突然、父とわたしは大集団のなかにいた。

わたしたちはプラットホームを清潔な白衣を着た男のほうへ歩かされた。男は泥の上で親衛隊に囲まれて立っている。ドクトル・ヨーゼフ・メンゲレ。〈死の天使〉と呼ばれた、人類史上もっとも凶悪な殺人者で、もっとも邪悪な男だ。新たに到着した被収容者に、彼は左、右と指示している。わたしたちは知らなかったが、それは彼の悪名高い「選別」のひとつだった。被収容者はここで男女に分けられたあと、文字どおり死ぬまでアウシュヴィッツで奴隷《どれい》として働く体力が残っている者と、まっすぐガス室に連れていかれる者とに分けられた。一方は地上の地獄で新しい生活を始めることを意味し、もう一方は暗闇のなかで恐ろしい死を迎えることを意味していた。

「こっち」。メンゲレはわたしに指示した。

「あっち」。父は別のほうを指示された。そちらにはトラックがとまっていて、被収容者を乗せている。わたしは父と離《はな》れたくなかったので、父の列にそっと移り、ついていった。ところがトラックに乗る直前で、メンゲレといっしょに立っていた見張りの男が気づいた。

「おい！」。男が言った。「こっちと言われただろ！」。彼はアウシュヴィッツの入り口を指さした。「トラックに乗るな」

「ヴァルム？」。なぜだ？　とわたしはドイツ語でたずねた。

その男は、父は高齢なのでトラックで運ぶが、わたしは歩いていけるからだと言った。もっともな説明だったので、わたしはそれ以上疑問に思わなかった。しかし、もしトラックに乗っていたら殺されていた。その日、ドクトル・ヨーゼフ・メンゲレは仕事ができそうな若者、百四十八人を選別しこの収容所に送りこんだ。

わたしたちは収容所まで行進させられた。そして収容所に着くと服を脱がされ、脱いだ服は、目の前の服の山の上に投げるよう言われた。そのあとトイレの手洗い場に連れていかれ、百四十八人がその狭い空間に押しこめられた。わたしはこわくてたまらなかった。なにが起こるか知っていたからだ。以前ブーヘンヴァルトでみたことがある。ナチスは忍耐力を試すつもりだ。何日もこの暗くて、寒くて、窮屈《きゅうくつ》な部屋に閉じこめ、わたしたちが疲れ果てたときにパニックになるようなことを叫ぶ。「火事だ！」「ガスだ！」。あるいは、ひとりをなぐってパニックにさせ、ほかの被収容者を踏みつけて走り回らせる。ひとりひとりに識別番号が書かれた紙が渡され、それをなくせば絞首《こうしゅ》刑だと言われた。わたしは以前ブーヘンヴァルトで知り合ったふたりの少年とクルトとともに、計画を立てた。

「ここにいつまでいるかわからないが、部屋の角をひとつ確保しよう」。わたしは言った。「そして、ふたりが壁を背にして見張り、残りのふたりはその後ろで寝る。これを交代でやろう」。わたしたちは三日三晩、ふたりひと組で寝たり守ったりした。そのあいだにもナチスはパニックをあおり、まわりでは暗闇のなかで人々が踏みつけあっていた。三日三晩、悲鳴がきこえて血のにおいがしていた。明かりがついたとき、百四十八人のうち十八人が死んでいた。わたしからそれほど離れていないところにいた男性は、ひどく踏みつけられたせいで、眼球が顔からぶら下がっていた。わたしは手を開いて、番号が書かれた紙を持っているか確認した。手のひらから血が流れている。あまりにも強く紙を握りすぎて、爪が食いこんでいたのだ。

兵士に連れられて部屋に行くと、青い縦じまの薄い綿の服と、同じ柄の帽子が渡された。背中には、渡された紙の番号が書かれていた。そのあと兵士はわたしの腕を三角巾で固定して動けないようにし、乱暴に番号を皮膚に深く刻んだ。その番号はいまも残っている。ひどく痛かった。まるで何千本もの注射器で刺されたかのようだった。舌を噛まないようにくわえていろと紙を一枚渡されたが、その日、この地上の地獄でわたしが受けた親切はそれだけだった。

その二日後、親衛隊の将校に、父はどこに行ったかたずねた。すると彼はわたしの腕をつかんで、バラックのあいだを五十メートルほど歩かせてから言った。「あの煙がみえるか？　おまえの父親はあそこに行った。母親もな。ガス室と火葬場だ」

こうして自分が孤児になったことを知った。ふたりは死んだ。わたしが知るだれよりたくましく、やさしかった父さんは、もう記憶のなかにしかいない。埋葬の尊厳《そんげん》すら与えられないままに。

そして母さん。かわいそうな母さん。最愛の母に別れを告げる機会もなかった。いまでも毎日のように会いたい気持ちでいっぱいだ。毎晩母の夢をみて、ときどき母の名を呼びながら目が覚める。若いころの望みは母のもとにもどることだけだった。母といっしょにいたかった、母が金曜日の夜につくるハッラーが食べたかった、母の笑顔がみたかった。いまはもう、それも叶わない。母の笑顔は二度とみられない。母は逝《い》ってしまった。殺され、奪われた。ふたたび母に会えるならすべてを差し出す。そう思わない日は一日たりともない。

もし今日、機会があれば、家に帰ってお母さんを抱きしめ、愛していると言ってほしい。あなたのお母さんのために。そして、それができないあなたの新しい友、エディのために。

第六章　ひとりの親友が、わたしの世界のすべて。

突然わたしはすべてを失った。家族、所有物、まだ残っていた人間への信頼。所持を許されたのはベルトだけ。二度と取りもどすことのできない生活の唯一の形見だ。アウシュヴィッツに到着すると、持ち物はすべて没収され、ユダヤ人の奴隷《どれい》労働者がそれらを分別する特別な場所に運ぶ。被収容者はその場所を〈カナダ〉と呼んでいた。カナダは食べ物もお金も宝石も、生活に必要なものがすべて豊富にある平和な国と思われていたからだ。わたしの持ち物はすべて奪《うば》われ、〈カナダ〉に持っていかれた。

最悪だったのは、人間としての尊厳《そんげん》まで奪われたことだ。ヒトラーはあのいまわしい本『我が闘争《マイン・カンプ》』のなかで、世界のすべての問題をユダヤ人のせいにし、ユダヤ人が屈辱《くつじょく》を受ける――ブタのように食べ、ぼろを着て、世界一みじめな民族となる――世界を思い描いた。そしていま、それが現実になった。

わたしの識別番号は172338。わたしはこの数字以外の何ものでもなくなった。ナチスは名前さえ奪う。わたしたちはもはや人間ではなく、巨大な殺人マシンのなかでゆっくり回転している歯車のひとつにすぎない。腕にこの番号を彫りこまれたとき、わたしはゆるやかな死の宣告を受けた。しかしその前に、ナチスは生きる気力を根こそぎ奪おうとしていたのだ。

わたしをふくめ四百人のユダヤ人がひとつのバラックに暮らしていた。ヨーロッパ中――ハンガリーやフランスやロシア――からユダヤ人が集められていたのだ。収容された人々は民族、その他によって分けられていた。このバラックはユダヤ人用、あのバラックは政治犯用といった具合だ。ヒトラーにとってわたしたちはみな同じだったのだろうが、さまざまな国、階級、職業の人たちがひとつのバラックにごちゃまぜになっていた。話す言葉はさまざまで、共通点はほとんどない。それがわたしには大きなショックだった。異なる文化圏からきた大勢の見知らぬ人といっしょに収容されたのだ。唯一の共通点はユダヤ教徒ということだけだったが、それさえも人によって意味がちがう。敬《けい》虔《けん》な人もいれば、わたしのように、ユダヤ人だからという理由で危険な目にあうまで、ユダヤ教についてほとんど考えもしなかった人もいる。わたしはずっとドイツ人として誇《ほこ》りをもって生きてきた。だから、自分たちの身に起こっていることは異常としか思えなかった。わたしはいまも絶えず問い続けている。なぜあんなことが起こった？　なぜ？

いまだに理解できない。いっしょに働いていた人たち、いっしょに勉強やスポーツをしていた人たちが、どうしてあんな獣《けもの》になれたのか。ヒトラーはどうやって友人を敵に変え、文明人をゾンビのような人間に仕立てることができたのか。どうやってあれほどの憎しみをつくりだすことができたのか。

アウシュヴィッツは死の収容所だった。

朝目覚めても、夜ベッドにもどれるかはわからない。いや、ベッドなどなかった。幅二メートル半もない硬い木の板でできた粗末な台で、凍《こご》えそうな夜に十人が並んで眠る。マットレスも毛布もなく、他人の体温だけが頼りだ。瓶詰めのニシンのように十人がくっつき合って眠った。それが唯一の生きのびる方法だった。零下《れいか》八度というきびしい寒さでも、裸で寝なければいけない。裸なら逃げられないからだ。

夜中にトイレに行ってもどってきたら、くっついて寝ている十人目の両端の者を揺《ゆ》り起こして中心に移動させる。そうしなければ、凍死《とうし》するからだ。毎晩十人から二十人が両端に長くいすぎたせいで死ぬ。そう、毎晩だ。生きのびるため、隣の男と抱き合うようにして眠りにつき、目が覚めるとその男は凍死して硬くなっている。死んで目を見開き、こちらをみつめているのだ。

夜を生きのびると、冷水のシャワーと一杯のコーヒーで目を覚まし、一切れか二切れパンを食べる。そのあと、ドイツの工場まで歩いて仕事をする。どの工場でも働くのは被収容者だ。ドイツでひじょうに評判のいい企業の多くは――現在も存続している企業もふくめ――わたしたちを利用して利益をあげていたのだ。

わたしたちは銃を持った兵士に見張られながら、遠いときには片道一時間半の道のりを歩いて仕事に行った。雪、雨、風から身を守ってくれるのは、薄っぺらい服と、安物の木と帆布《はんぷ》でつくった靴だけだ。荒く削った木のとがった部分が、一歩ごとに足の柔らかい部分に食いこむ。

仕事場への往復中につまずいて転んだら、その場で撃ち殺され、ほかの被収容者がその遺体を抱えて収容所まで運ばなければならなくなる。ところがすぐに、みんな遺体を抱えられないほど体が弱り、長いぼろ布を持ち歩くようになった。それを担架《たんか》代わりにして運ぶのだ。遺体を運べなければ、ナチスはわたしたちも殺す。ただし、その場では殺さない。収容所に全員がもどるまで待ってからみんなの前で撃ち殺して、見せしめにするのだ。働けなくなれば用はなくなり、殺される。

アウシュヴィッツではぼろ布は黄金と同じくらい、いやおそらく、それ以上に貴重だった。黄金があってもたいしたことはできないが、ぼろ布があれば傷口をしばったり、服の下に詰めて暖かくしたり、少し体をきれいにしたりできる。わたしはぼろ布を使って靴下をつくり、硬い木の靴を少しだけはきやすくした。靴は三日ごとに前後を逆にし、とがった部分が足の裏の同じところに当たらないようにした。そんなちょっとしたことで、生きのびられたのだ。

最初の仕事は、爆撃《ばくげき》で破壊された弾薬庫《だんやくこ》の跡地の片付けだった。アウシュヴィッツからそう遠くないところに、前線に送られる弾薬や兵器の供給基地になっている村があった。わたしたちはその場所まで行進させられ、素手で爆発した弾薬の破片を拾った。きつくて危険な作業だった。

とてもつらかった。いっしょに仕事をしているユダヤ人には、ドイツ人のわたしを信用してもらえず、しだいに自分の殻《から》に閉じこもることを覚えた。ただ、クルトだけは別だ。わたしの両親は亡くなり、妹が選別で生き残ったかどうかもわからない。昔の生活と幸せだった時期を思い出させてくれるものは、クルト以外になかった。はっきり言って、当時のわたしにとってクルトとの友情ほど大切なものはなかった。彼がいなければ、両親が殺されたあと、絶望に負けていただろう。バラックは別だったが、一日の終わりには必ず会い、いっしょに歩いて、話をした。些細《ささい》なことだが、それだけでわたしは十分生きていけた。わたしを大事に思ってくれるだれか、わたしが大事に思っているだれかが、この世にいるとわかっているだけでよかった。

クルトと同じ仕事が割り当てられることはなかった。政府は詳細な記録をもっていて、ドイツ全土のユダヤ人の住所や職業を知りつくしていた。これが彼らを恐ろしいほど有能な殺人者にした理由のひとつだ。しかしクルトは運がよかった。彼に関する情報はアウシュヴィッツになかった。クルトはドイツとポーランドの国境にある町の生まれで、ナチスはその町の記録をもっていなかったのだ。職業をきかれたクルトは家具職人だったが「靴職人です」と答え、収容所内の工房で腕のいい靴職人として働いていた。彼は屋内で仕事をしていて、わたしやほかの被収容者のように雨や雪のなかを歩いて工場まで行かなくてよかった。わたしたちは腹をすかせ、足に水ぶくれをつくって帰ってきたが、彼は安全な場所で、雨や雪に降られることもなく、食事もわたしたちより多かった。被収容者に残飯《ざんぱん》が回ってくるときはいつも、まず仕立屋や靴職人や大工など、収容所内で働く人たちに回された。わたしが働いていた工場は、帰る前に食事をくれることになっていたが、十分な量が出たことはなかったし、収容所にもどってもなにもないことがよくあった。

そういう意味でクルトは恵まれていたので、余った分を少しとっておいて、よく分けてくれた。わたしたちは互いのことを気づかうことができた。これが本当の友情だ。

収容所で不要になったもののなかには掘り出し物もあった。たとえば、大工は弓のこぎりの歯が鈍《にぶ》くなれば捨てる。わたしは貴重な鋼《はがね》をむだにしないようそれを集め、歯の部分を削ってよく切れるナイフにし、木片を削って磨《みが》き、柄《え》にした。そして、そのナイフをほかの被収容者――〈カナダ〉で働いていて、交換できる貴重品を持っている人――や民間人にみせて、服や食べ物や石けんと交換した。アウシュヴィッツにはナチス以外にも、料理人や運転手などの民間人がたくさんいた。ドイツ人であれ、ポーランド人であれ、彼らもほかの人と同じように、戦争を生き抜くためにアウシュヴィッツで働いていたのだ。彼らから注文を受けることもあった。工場の機械を使って恋人にプレゼントするスチール製の指輪をつくり、イニシャルを彫り、それをシャツや石けんと交換したこともある。

ある日、穴の空いた大きな鍋《なべ》が捨てられているのをみつけた。わたしはいいことを思いつき、その穴をふさいで持ち帰り、何人かの被収容者の医師に声をかけた。アウシュヴィッツにはたくさんの医師がいた。おそらく、収容されているドイツの中流階級のユダヤ人のうち、十人に二人は何科かの医師だったと思う。彼らは毎朝、バスでいろんな病院に連れていかれ、仕事をしていた。ときには、戦場からもどったドイツ人負傷兵の手当のため前線に送られることもあり、そうなると何日も帰ってこなかった。彼らは毎日、日当の代わりにジャガイモをもらった。一日の仕事の報酬が生のジャガイモ四つだ。しかし生のジャガイモは毒なので食べられない。だから、彼らはわたしのところにきた！　わたしは四つのジャガイモをゆでる代わりに、ひとつもらうことにした。これでクルトと分けられる食料が少し手に入る。夕方になると、ポケットにジャガイモを入れてクルトのところに行き、夕食にふたつか三つのジャガイモを分け合った。ある晩、乱暴で有名な親衛隊員とすれちがった。彼はいきなりわたしの尻を蹴飛《けと》ばそうとしたが、わたしが身をかわしたため、ポケットに詰めこんだジャガイモを蹴飛ばした。わたしはけがをしたふりをして、足を引きずりながら逃げた。そうしないと、もう一発くらわされる。わたしはクルトにこう言った。「悪い、今日の夕飯はマッシュポテトだ！」

まちがいなく言えるのは、クルトがいなかったら、いまわたしはここにいないということだ。彼という友人のおかげで、生きのびることができた。わたしたちはお互いの面倒をみた。どちらかがけがをしたり、具合が悪くなったりすると、もうひとりが食べ物を手に入れて助けた。お互いが生きる支えだった。アウシュヴィッツにいた被収容者の平均生存期間は七か月だ。もしクルトがいなかったら、わたしはその半分も生きられなかっただろう。わたしが喉《のど》を痛めたときは、喉を温めて治せるよう、クルトは自分のスカーフを半分に切って、わたしにくれた。おそろいのスカーフをみて、兄弟だと思った人もいた。それほどわたしとクルトは親しかった。

わたしたちは毎朝目を覚ますと、仕事の前に周囲を歩きながら話をし、はげまし合った。ささやかなプレゼントの隠し場所は、トイレの壁のなかだ。わたしがレンガをひとつはずせるようにしておいたのだ。ここに石けんや歯みがき粉、ぼろ布などを隠した。

この友情と彼への感謝の気持ちは、ヒトラーがつくり出した非人道的な場所で生き抜くのに欠かせないものだった。多くの人は生きるよりもみずから命を絶つことを選んだ。それが普通になり、こんな言葉まで生まれた。「フェンスに行く」。アウシュヴィッツ第二収容所のビルケナウは、いくつかの収容所の集まりである巨大なアウシュヴィッツ収容所の一部で、周囲の有刺鉄線《ゆうし》には電気が流されていた。このフェンスに触れると確実に死ねるので、ナチスに殺す喜びを与えずに自分の人生を終わらせられる。多くの人はフェンスまで走って有刺鉄線をつかんだ。わたしの親しかった友人もふたり、この方法で死んだ。ふたりは手をつないで裸でフェンスまで走った。彼らを責めることはできない。わたしだって、死んだほうがましだと思う日がよくあった。

だれもが寒さに凍え、体調も悪かった。わたしは何度もクルトに言った。「フェンスに行こう。生きててどうなる？　明日も苦しむだけじゃないか？」

クルトは首を振った。彼はわたしをフェンスに行かせようとしなかった。

わたしがいままで学んだなかでもっとも重要なことはこれだ。「人の営みのなかでもっともすばらしいのは、愛されることだ」

特に若い人には、何度でも大声で言いたい。友情がなければ、人間は壊れてしまう。

友人とは、生きていることを実感させてくれる人だ。

アウシュヴィッツは悪夢が現実になったような、想像を絶する恐ろしい場所だった。それでもわたしが生き残れたのは、親友のクルトがいたからだ。もう一日生きのびたら、また彼に会えると思えたからだ。たったひとりでも友人がいれば、世界は新たな意味をもつ。たったひとりの友人が、自分の世界のすべてになりうる。

友人は、分け合った食料や暖かい服や薬よりも、ずっと大切だ。なにより心を癒《い》やしてくれるのは友情だ。友情があれば、不可能も可能になる。

第七章　教育は身を助ける。

次の仕事は石炭掘りだった。選別のときメンゲレに逆らった罰なのか、まだ体力が残っているからなのかはわからないが、ナチスの兵士はわたしを地中深くまで行かせ、石炭を採掘《さいくつ》させた。作業は一チーム七人で、ひとりが削岩機《さくがんき》で石炭を掘り、ほかの六人が地上まで運ぶ炭車にそれを積む。過酷な重労働で、天井が低いので、どこへ行くにも這《は》っていく。朝六時から夜六時までのあいだに、炭車六台分の石炭を掘らなければならない。しかしわたしたちは貴重な休息時間がとれると考えた。そして、午後二時まで懸命《けんめい》に働いてノルマを達成し、地獄のような寝台にもどる前に数時間の仮眠をとることにした。六台分掘り終わるとランプを消してひと眠りした。

ところがある日目を覚ますと、仲のよくないポーランド人キリスト教徒――ナチスと同じくらいわたしたちを憎んでいる――の被収容者チームが、わたしたちの炭車を盗み、自分たちの空の炭車と入れ替えていた。自分たちはさぼって、わたしたちが罰せられるのを楽しむつもりだ。わたしは許せなかった。鉱山を出るときは一列に並び、帽子を脱いで兵士に敬意を示すことになっていたが、わたしは列から離《はな》れ、兵士のところまで歩いていって、何があったか話そうとした。兵士に列にもどれと怒鳴られたので、反論しようとしたら、口を拳《こぶし》でなぐられた。次の一発が耳を直撃し、しばらく鼓膜《こまく》から出血が止まらなかった。

そのすぐあと、わたしは事務室に呼ばれ、初めて担当の司令官に会った。彼はなにがあったのかとたずねた。わたしは荷車が盗まれたことと、ナチスの兵士になぐられたことを話した。

「わたしたちを殺したいのですか？　なら撃ち殺して、終わりにすればいい。しかし、どうせ一か月か二か月後には死にますよ。なにしろ、一生懸命働いても、ほかの連中に横取りされてしまうんですから」。わたしはもどってもいいと言われ、翌週、ポーランド人は作業場からいなくなった。わたしはみんなに抱きしめられ、感謝された。兵士になぐられてから数か月、わたしは体調が悪く、ひどく頭が痛み、視界がぼやけたままだった。それでも、鉱山でいっしょに働いていた人たちと自分のために立ち上がってよかったと思った。わたしはけがをしたが、その日からみんなの生活は楽になった。けがをしたかいがあった。

それからまもなく、化学薬品と製薬の合同企業、Interessengemeinschaft Farbenindustrie《インテレッセンゲマインシャフト・ファルベンインドゥストリ》・ＡＧ《アーゲー》、通称ＩＧ《イーゲー》ファルベン〔第二次世界大戦後、独占解消のため解体された〕の代表との会議に呼ばれ、新しい仕事を任せられることになった。収容所を監督していた親衛隊《しんえいたい》の将校は、わたしが精密機械の技術者であることを知り、〈経済的有用ユダヤ人〉に分類した。ドイツ人はなんにでも大仰《おおぎょう》な名前をつけたがる。

働けるかぎり、ドイツ軍に利益をもたらすかぎり、生きのびられそうだ。わたしは過去に三回ガス室に連れていかれたが、ガス室に入る二十メートルほど手前で、兵士がわたしの名前と番号と職業をみて叫んだ。「172338番は入れるな！」。三回ともだ！

わたしは心のなかで父に感謝した。父は、技術は身を助けると断言し、仕事の重要性をいつも強調していた。人は仕事で社会に貢献《こうけん》する。社会が正しく機能するためには、各自がそれぞれの役割を果たすことが重要だ。さらに父はこの世界の基本原則も理解していた。社会という機械は必ずしも正しく機能するとはかぎらない。ドイツ社会という機械はみごとに壊れてしまったが、その一部はまだ機能している。わたしの専門技術がそこで必要とされるかぎり、わたしは安全だ。

こうしてIGファルベンの機械技師になった。IGファルベンはユダヤ人に対する最悪の加害者のひとつだ。三万人以上のユダヤ人を工場で強制的に働かせただけでなく、ガス室でユダヤ人を百万人以上殺した毒ガス、チクロンBを製造していた。

しかしある意味で、ユダヤ人を働かせた工場に感謝している。工場がなければわたしたちは死んでいた。アウシュヴィッツでは百万人以上のユダヤ人が死んだが、ユダヤ人の働き口がなく、ナチスの夢であるユダヤ人根絶の達成を阻《はば》むもののない収容所もあった。工場の経営者たちはわたしたちを生かしておきたかったので、仕事が続けられるようビタミンやブドウ糖の注射をしてくれた。わたしたちが働けるだけの健康を維持することは、彼らの利益につながるからだ。

しかし親衛隊の優先順位はちがった。彼らはユダヤ人を全滅させたかった。できるだけ大勢のユダヤ人を殺せと指示されていたのだ。そしてヒトラーが世界中のユダヤ人に対する「最終的解決」を指示していた。親衛隊にとって強制収容所は、わたしたちの精神だけでなく、存在そのものを消し去るためのものだったのだ。これを裏で操っていたナチスの高官たちは、強制労働をVernichtung durch Arbeit《フエアニツヒトウング・ドウルヒ・アルバイト》、労働による抹殺《まっさつ》、と呼んだ。彼らはユダヤ人をひとり残らず殺すつもりだったが、それには時間がかかる。ナチスがどれだけ多くのユダヤ人を撃ち殺し、刺し殺し、なぐり殺し、ガス室送りにしても、ユダヤ人は毎日、列車で運ばれてきた。

あるとき、何人かの被収容者が反撃した。武器の製造会社、クルップで働かされていたビルケナウの被収容者女性たちは、作業場から火薬をくすねて持ち帰った。遺体焼却炉は冷却のために毎日二時間停止するのだが、その間に彼女たちはなかに入って火薬を並べた。焼却炉の運転が再開されると同時に遺体焼却炉は吹き飛んだ。その後一か月間、焼却炉もガス室もなかった。わたしたちは大喜びした。煙もなく、死臭もない。しかしナチスはその後、さらにすぐれた焼却炉をつくり、状況は悪化した。

わたしはＩＧファルベンの工場の作業長として、高圧エアパイプのメンテナンスを担当した。エアパイプはドイツ軍への供給品を生産するすべての機械に使われている。それからもうひとつ、空気圧の調整も担当していた。わたしは首から「パイプに漏《も》れがあれば絞首刑《こうしゅ》」という札《ふだ》をぶら下げていた。

機械は二百台以上あり、一台にひとりユダヤ人作業員がつけられていて、わたしはそれらすべてを担当していた。機械を動かし続けるのに必要な圧力計を修理できるのは、収容所内でわたしだけだったが、すべてを一度に監視するのは不可能だ。そこで、解決策を考えた。二百個の笛をつくって二百人にひとつずつ渡し、圧力が下がり始めたら笛を吹いてもらい、笛が鳴るとわたしが修理に走ることにしたのだ。工場には弾薬から化学薬品の製造までさまざまな機械があったが、ひとつが止まれば、すべての機械が止まり、わたしは殺される。わたしが働いていた一年間、機械は一度も止まらなかった。

わたしは思わず目を疑った。この二百人の作業員のなかに妹がいたのだ！　妹は選別で生き残り、アウシュヴィッツ第二収容所のビルケナウにある女性収容施設に入れられていた。最初に妹をみたとき、わたしの心は少し痛んだ。妹は幼いころからとても美しかった。肌は白くて、髪はきれいでつやがあったのに、いまは被収容者だ。頭を剃《そ》られ、やせこけた体にぶかぶかの服を着ている。わたしは妹が生きていたと知ってうれしかったと同時に、絶望的な思いにかられた。妹がどれだけ苦しんでいるかがわかったからだ。最後に姿をみてから三か月がたっていた。列車から降り、両親が亡くなったあの日以来だ。話ができないのもつらかった。もしきょうだいだと知られたら、ナチスやその協力者に利用されるかもしれない。わたしたちにできるのはせいぜい彼女の担当している機械の前を通りすぎるときに目配せするか、ひと言声をかけるだけだ。抱きしめることも、両親が殺された悲しみを癒《い》やしてやることもできなかった。

　妹の作業場は過酷だった。ドイツ軍に送る弾薬包に使う鉄庁を切り出す仕事をさせられていたのだが、高熱の鉄を扱う作業で、火花が激しく散る。火災の危険があるため、妹は冷蔵タンクから流れてくる氷のように冷たい水のなかに立っていなければならなかった。一日中冷水のなかに立っていると、体がまいってしまう。

わたしの仕事もたいへんだった。パイプの数がひじょうに多く、その配置――もう少し上、もう少し下――を指示するために高い塔に登らなければならなかった。服一枚なので、冷たい雪が降るなかで高い塔の上にいると体の芯まで凍《こご》えた。氷点下三十度近くになる日も多かった。

ある日、わたしは居眠りをしてしまったらしく、頭に衝撃《しょうげき》を感じて目が覚めた。兵士がわたしを起こそうと、石を拾ってぶつけたのだ。ところが頭に大きな傷ができ、兵士は殺してしまったのではないかと大あわてで走ってきた。〈経済的有用ユダヤ人〉を殺せば、自分の身も危ない。兵士はわたしの頭にタオルを当てて止血し、野戦病院まで運んだ。わたしは十六針縫うことになった。病院のなかで、脳外科医がナチスの高官の頭から銃弾を摘出する手術をしているのがみえたので、わたしは医師が使っている機械の名前を大声で言い、修理方法を知っていると叫んだ。すると入院して四日後、まだ療養中のわたしにその脳神経外科医がやってきた。彼はノイベルト博士といい、脳神経外科の第一人者で親衛隊の高官だった。彼はなぜわたしがあのひじょうに特殊な医療《いりょう》機器の名前を知っているのか、たずねた。

「以前つくっていたからです」

「いまでもつくれるのか？」

「いまいる労務班《コマンド》では無理ですが、つくれます」

彼はわたしに、脳神経外科で使う特殊な手術台をつくる仕事をくれた。わたしは三か月間新しい仕事につき、手術台の設計と製造をおこなった。

父は教育と仕事の重要性について――すべてについてもそうだったが――正しかった。教育に救われたのは、これが最初でもなければ最後でもなかった。

第八章　モラルを失えば、自分を失う。

「モラルを失えば、自分を失う」。これはナチスをみてすぐにわたしが学んだことだ。ドイツ人はナチス政権下ですぐに悪人になったわけではないが、簡単に操られるようになった。心の弱い人たちはゆっくりとだが確実にモラルをなくし、やがては人間性までなくした。そして、他人を拷問《ごうもん》しても、家に帰れば妻や子どもたちと向き合える人間になった。わたしはよく、彼らが子どもを母親から引き離《はな》し、その子どもの頭を壁に叩きつけるのを目撃《もくげき》した。そんなことをしたあとで、食事をして眠れたのだろうか。わたしには理解できない。

親衛隊《しんえいたい》の兵士はときどきおもしろ半分にわたしたちをなぐった。彼らのはいているブーツは先端が鉄製でとがっていた。彼らはユダヤ人が通りかかると、「Schnell《シユネル》! Schnell《シユネル》!(急げ! 急げ!)」と叫んで、尻と脚のつけ根のあいだのやわらかい部分を思い切り蹴って傷つけ、残酷《ざんこく》な快感を味わった。蹴られると深い傷ができ、痛くてたまらず、食事や休む場所がなければなかなか治らなかったが、わたしたちにできるのは、傷を布で押さえて止血することだけだった。

あるとき、ドイツ軍の兵士がひとりでいるところに出くわした。彼は「急げ!」と言いながらわたしをなぐったり蹴ったりした。そのときわたしは立ち止まり、相手の目をじっとみてこう言った。「おまえに魂はないのか? 心はないのか? なぜなぐる? わたしのような立場になってみたいか? わたしにおまえの服と食べ物があったら、どっちが働き者だと思う?」

その兵士は二度とわたしに手出しをしなかった。ひとりのときは勇気がなく、怪物でもなかった。

またあるときは、収容所を歩いていたら親衛隊になぐられて鼻の骨を折られた。理由をきくと、Juden Hund《ユーデン・フント》、ユダヤ人の犬だからだと言われ、もう一度なぐられた。

しかしこれは嘘だ。ナチスの犬の扱いは被収容者の扱いよりもずっとよかった。兵士のなかには、わたしたちが恐れる残酷な女がいた。女はわたしたちをなぐるための警棒をつねに持ち歩き、どこへ行くにも攻撃的な大型のジャーマンシェパードを二、三頭連れていた。女は犬にとてもやさしく、いつも「Mein Liebling《マイン・リーブリンク》」、かわいい子、と呼んでいた。ある日アウシュヴィッツにいた幼い子どもが「大きくなったら犬になりたい」とわたしに言った。ナチスは犬にとてもやさしかったからだ。

ある朝仕事に行く途中、十人で並んで歩きながら、気持ちを引き立てようと冗談を言い合っていた。何人かが笑っていると、その女がきて、なにがそんなにおもしろいのかときいた。

「おもしろい、とはどういう意味ですか?」。わたしはたずねた。「アウシュヴィッツにおもしろいことなどなにもありません」

女はかっとなって、拳《こぶし》を振りおろした。しかしわたしが少し動いたので、手は顔に当たらず、胸に当たった。シャツの下にこっそり手に入れたチューブ入りの歯みがきを隠していなければ問題はなかったのだが、なぐられた拍子にチューブの中身が飛び散ったので、わたしたちはみんな大笑いした。彼女の怒りはわたしに向けられた。

わたしは背中を七回鞭《むち》打たれた。柱を抱く格好で、脚もしばられ、力の強いふたりの大男に交互に鞭で打たれた。三度目で皮膚が裂け、傷口から血が流れ始めた。ひどい傷が残った。感染症の恐れがあったが、包帯も助けもない。なにもなかった。

その後、わたしは檻《おり》のなかで三時間も、裸で立っていなければならなかった。それもみんなが通りすぎる場所で。疲れと寒さでふらっとするたびに、檻の壁に並んだ針が突き刺さって目が覚めた。背中の傷がひどく痛み、その後三週間は一晩中歩き回るか、上半身を起こしたままだれかの背中にもたれて寝なければならなかった。相手が起きて動くと、寄りかかれなくなり、別の人を探した。

被収容者のなかには「カポ」と呼ばれる裏切り者、ナチスの協力者もいた。同じユダヤ人でありながら、ほかの被収容者の監視役としてナチスに特別待遇されていた卑劣《ひれつ》な連中だ。わたしたちのカポはオーストリア出身のユダヤ人だったが、根っからのひとでなしだった。大勢のユダヤ人をガス室に送り、その報酬としてナチスからタバコやシュナップス〔無色透明でアルコール度数が高い蒸留酒〕や暖かい服をもらっていた。自分のいとこもガス室に送った。怪物のような男だ。

ある日そのカポが見回りをしていたとき、ハンガリー人の年配の男六人が仕事の休憩時間にドラム缶で石油コークスを燃やして手を温めていた。手袋がなかったので、ときどきこうしなければ指がかじかんで動かなくなるのだ。カポは六人の番号を書きとめ、鞭《むち》で打たせようとした。彼らは鞭で打たれたら死にかねないが、わたしなら――打たれ慣れているので――大丈夫だ。そこでわたしは大声で、六人の代わりにわたしを鞭で打てと言った。ところがカポはわたしの経済的価値を知っていたので、働けない体にしたら自分の身が危ないと考えた。そして六人を鞭で打たせて殺した。

六人のことを報告する必要などなかった。彼は残虐《ざんぎゃく》な欲望を満たすために彼らを殺した。これほど非人間的な行為があるだろうか。

こうした行為をみて、これまで以上に固く心に決めたことがあった。自分に誠実でいよう、モラルを失わないようにしよう。しかしむずかしかった。飢えはわたしたちを放っておかない。体力を奪うのと同じ速度でモラルも奪っていく。ある日曜日、パンの配給があった。わたしはそれを上の寝台に置いてスープを取りに行き、もどってみると、パンがなくなっていた。バラックのだれかが、おそらく寝台のだれかが盗んだのだ。そんなのは当たり前だと言う人がいるだろう。それが生存競争だと。だが、わたしはそう思わない。アウシュヴィッツは過酷な生存競争の世界だが、他人を犠牲にしてはならない。

わたしは一度も文明人である意味を見失ったことはない。罪人になってまで生き残ってどうする。わたしは被収容者を傷つけることはなかったし、人のパンを盗むこともなかった。仲間を助けるためにできるかぎりのことをした。

たしかに食べ物はとぼしかった。しかしモラルを取りもどす薬はない。もしモラルを失ったら、おしまいだ。

仕方なくナチスに従っている民間人もたくさんいた。工場で働いていたとき、監視係が小声で話しかけてくることがあった。「トイレ休憩は何時だ?」。そして休憩時間にトイレに行くと、牛乳で煮たオートミールの入ったブリキのカップが置いてあった。十分な量ではないが、体力の足しにはなった。そして、世のなかにはまだいい人もいるのだと、希望がわいた。

しかし、善良なドイツ人がその気持ちを伝えるのはむずかしい。相手が信頼できるかどうかを知る必要がある。もしユダヤ人を助けているのがばれたら、自分たちが殺されるからだ。抑圧者はつねに被抑圧者を恐れている。これがファシズム――すべての人間を犠牲者にしてしまうシステムだ。

ＩＧファルベンで働いていたとき、被収容者に食料を届ける男性と親しくなった。名前はクラウス。月日がたつにつれ、わたしたちはお互いをよく知るようになった。クラウスはナチスではなく民間人だったので、可能なときは余った食料をこっそりと持ってきてくれた。彼らは食料を車で工場に運ぶのが仕事だった。小さなブリキのカップを持って並ぶわたしたちに、樽《たる》からオートミールを配り、空になった樽を持って帰る。食べ物はひどく粗末だったが、クラウスに余り物をもらうたびに、生き残る可能性が高くなったのはまちがいない。

あるときクラウスは、わたしがひとりでいるところにきて、逃亡計画を思いついたと言った。食べ物が入ったドラム缶のひとつに黄色の太い線を描くよう、運転手に頼んだというのだ。そのドラム缶はなかにチェーンがついていて、わたしが空になったドラム缶に入ってそれを思い切り引っぱるとふたが閉まる。その後ドラム缶をトラックに乗せるとき、彼はその缶をトラックの左後ろに置く。そしてトラックが収容所を離れて安全な場所、アウシュヴィッツと工場の中間地点まできたら、笛を吹いて知らせる。わたしはトラックが角を曲がるときに、体をゆらしてドラム缶ごと転がり落ちる、という計画だ。

わたしたちは計画を練り上げた。計画実行の当日、わたしはかなり緊張しながらもわくわくしてドラム缶に入った。必死にチェーンを引っぱり、トラックに積まれるときには音を立てないよう息を止めた。エンジン音がし、トラックは動きだした。トラックは予定通り高速で走り続け、やがて笛がきこえた。トラックから降りる合図だ。わたしはドラム缶の片側に体重をかけ、トラックから転がり落ちた。

トラックから落ちたドラム缶は、わたしが入ったまま下り坂をタービンのように転がっていった。チェーンにしっかりとつかまったが、速度はどんどん上がっていく。しばらくしてドラム缶は木に激突《げきとつ》して止まった。目が回り、少しあざはできたが、どこもけがはしていない。自由になった！　計画は完璧にうまくいった……ただひとつだけ見落としていたことがあった。興奮のあまり、ふたりともアウシュヴィッツの服を着たままだということを忘れていたのだ。腕には番号が彫りこまれ、背中には同じ番号の書かれた縦二十センチの布が縫いつけられている。そんな姿でどこに行けるだろう。すぐに日が沈み、ひどく寒くなるだろう。上着もない。工場では仕事を始める前に上着を脱いでかけるので、シャツ一枚だ。だれかの助けが必要だ。

森のなかをしばらく歩くうちに、一軒の家がみえてきた。あたりにほかの家はなく、煙突から煙が出ている。近づいてドアをノックすると、ポーランド人の男性が出てきた。わたしはポーランド語は話せないが、ドイツ語とフランス語なら話せるので、助けてもらえないか、着るものが必要なのだと両方の言葉でたずねた。すると彼はわたしをみつめ、なにも言わずに背を向けてなかにもどった。長い廊下《ろうか》の両側にいくつも部屋がある。彼はいちばん奥の部屋に入った。わたしは心からほっとした。てっきり助けてもらえると思ったのだ。

彼がもどってきたとき、手に持っていたのはシャツではなく、ライフルだった。ライフルがこちらに向けられ、わたしは後ろを向いて走りだした。ジグザグに走るわたしに向けて一発、二発、三発。まだ撃ってくる。六発目がみごとに左ふくらはぎに命中した。わたしは悲鳴をあげたがなんとか逃げ切り、シャツを引き裂いて傷口をしばると、どうしようかと考えた。わたしはぞっとした。地元のポーランド人もドイツ人と同じように敵だとしたら、絶対に生き残れない。

仕方ない。アウシュヴィッツにこっそりもどろう。

わたしは足を引きずって山を登った。ファルベンの工場での労働を終えた被収容者がもどってくる。わたしは計画を立てた。そのときは何百人もが行進する足音、兵士の怒鳴り声、犬の吠え声などでとても騒がしくなる。彼らがくるまで道路の脇に隠れ、隊列が通過するとき、こっそりもぐりこめばいい。

計画は成功し、うまくまぎれこめた。わたしはなにくわぬ顔でアウシュヴィッツにもどり、バラックに帰った。ナチスはわたしが抜け出したことに気づいていなかった。脱出の唯一の記念品は、左脚の筋肉にめりこんだ銃弾だ。

撃った男を憎んでいるか？　いや、わたしはだれも憎まない。彼は弱かっただけで、おそらくわたしと同じように恐かったのだろう。恐怖心につけこまれてモラルを失ってしまったのだ。残酷な人間もいれば、親切な人間もいる。よき友の助けがあれば、わたしはまた一日生きのびられるだろう。

第九章　人間の体は最高の機械。

わたしは収容所にもどると大急ぎでキンダーマン医師を捜した。キンダーマン医師はわたしが親しくしていたニース出身の親切な年配の男性だ。「先生、脚に銃弾が入っているんです」。わたしは小声で言った。「摘出していただけますか？」

わたしは第十四収容棟《とう》で、キンダーマン医師は第二十九収容棟だった。先生はわたしに、夜、第十六収容棟で会おうと言った。唯一トイレにドアがある棟だ。そのトイレで弾《たま》を取り出す手術をすることになった。ドアに鍵《かぎ》はないので、手術中わたしがドアを押さえておかなければならなかった。先生は手術道具を持っていなかったが、象牙のペーパーナイフをみつけてきた。死ぬほど痛いぞ、と先生は言ったが、わたしたちには計画があった。アウシュヴィッツの近く、第十六収容棟からそれほど遠くないところにカトリックの女子修道院があり、そこでは毎晩大きな音で鐘を鳴らしていた。わたしたちはその夜、鐘の音が収容所に響き渡るのを待った。これならわたしがうめき声をあげてもかき消される。手術が始まった。言われたとおり、恐ろしく痛かった。先生はペーパーナイフで傷口を開いて、弾を取り出した。そして、指に唾《つば》をつけて消毒するよう指示した。石けんも湯もないので、そうするしかない。先生は毎晩トイレで傷口をきれいにするのを手伝ってくれた。予想どおり、傷口は三か月もたたないうちに治った。いまでも傷跡は残っているが、キンダーマン医師のおかげで命を取りとめた。

とても残念な話だが、戦後キンダーマン医師を捜そうとしたところ、すでに亡くなっていた。あの夜、命を救ってくれたことを、わたしはいまでも感謝している。それに、先生がくれたアドバイスは手術以上に貴重だった。「エディ、生き残りたければ、仕事からもどったら横になって休め。体力を節約するんだ。一時間の休息で二日生きのびられる」

被収容者のなかには、仕事からもどると走り回る人がいた。余った食料を探したり、家族や友人を捜したりしていたのだ。ときには愛する人がみつかることもあるが、余った食料はどこを探してもなく、食料探しは貴重なエネルギーを浪費するだけだ。わたしはできるだけエネルギーを節約した。走り回って一カロリー消費すれば、体を温め、傷を治し、生きるためのエネルギーが一カロリー減ってしまう。

これがアウシュヴィッツで生き残る唯一の方法だった。一日一日、体力を維持することに集中するのだ。生きようという意志、もう一日生きのびるために必要なことをする意志以外はいっさい切り捨てる。それができない人は生き残れない。失ったもの――人生、財産、家族――を嘆《なげ》くばかりの人も生き残れなかった。アウシュヴィッツには過去も未来もない。ただその日を生きるだけだ。生き地獄のような異様な状況に適応できなければ、生き残れない。

ある日、ハンガリーのユダヤ人の集団がやってきた。彼らは配給された食料を保存しようと考えた。パンを半分だけ食べ、残りを紙に包んでとっておこうとしたのだ。わたしたちは激怒した。自分たちのしていることがまったくわかっていない。もしナチスが隠したパンをみつけたら、彼らをなぐり、ユダヤ人は与えた食べ物を全部食べることもできないと言って、配給を減らす言い訳にするにちがいない。いまでも配給だけではやせ衰える一方だというのに。わたしたちはつねに飢えに苦しみ、日に日にやせていったが、この日々は飢えで意識をなくすまで続くのだ。

わたしと同じ寝台のフランス系のユダヤ人は、戦前にシェフをしていたので、よく食べ物の夢をみては、寝言でおいしそうなフランス料理の名前を叫んだ。ボローバン〔肉や魚の詰め物を薄いパイ生地で包んで焼いたもの〕、フィレ・ミニヨンステーキ、バゲット。フランス語を知らないほかの人は気にしなかったが、わたしは腹が減って眠れないとき、このフランス人が口にするおいしそうな料理名が耳障りでしょうがなかった。ついにある夜、わたしは彼を揺さぶり起こした。

「二度と料理の名前は口にするな」。わたしはフランス語で言った。「さもないと、殺すぞ！」

アウシュヴィッツでは生きるか死ぬかの毎日だったが、よい友人がいなければ生き残れなかった。わたしだって、無理をしてでも助けようとしてくれた人のやさしさや友情がなければ、一か月ももたなかっただろう。

毎朝、近くの修道院が祈りの鐘を五時に鳴らすと、クルトとわたしはシャワー室で会い、少量の石けんを分け合った。わたしは毎月パンをひと切れ床屋に渡し、シラミに感染しないようふたりの頭を剃《そ》ってもらった。お互い生き残れるよう、できるかぎりのことをしていたのだ。

わたしたちは四か月近く、毎朝コーヒーを飲んだ。化学物質で味を似せただけのものなので、それほどおいしくはなかったが、最初の四か月は喜んで飲み干していた。ところがある日、なにか変なにおいがした。わたしはキッチンに行って男性にたずねた。

「コーヒーになにを入れてるんですか？」

「ブロマイドだ」と彼は答えた。ブロマイドは、若い男性の性欲を抑えるために使われる化学物質で、カップ半分が十人分の量だ。

「どれくらい入れたんですか？」

「ばかなことをきくな！　缶を開けて全部入れたに決まってるじゃないか」。と彼は答えた。百人を去勢できる量だ！　それきり、クルトもわたしも二度とコーヒーを飲まなかった。そのおかげで家族をもつことができた。イスラエルにいる友人は、アウシュヴィッツで生き残ったが、子どもはできなかった。このコーヒーを飲んだせいで、生殖器がやられてしまったのだ。

わたしたちは日に日に弱っていったが、働けなくなったとたんに殺されるのはわかっていた。医者が定期的にバラックにきて身体検査をおこない、シラミがいないか確認した。代表者のシャツを検査していて、もし一匹でもシラミがみつかれば、そのバラックは閉鎖され、なかの人間はガス室に送られる。恐ろしいことに、全員シラミにたかられていた。検査の朝はいつも、一番清潔そうなシャツを着ている者をみつけてシラミを一匹残らず取り除き、その人を検査してもらった。

しかし体重だけはどうしようもなかった。月に一度医師がきて、全員を一列に並べて尻をみる。そして脂肪がまだついているかどうかを検査する。もし尻の皮がたれて指でつまめたら、用なしとみなされてガス室に送られる。毎月これで多くが死を宣告された。だれもおびえながら暮らしていた。

クルトとわたしは検査のあとに会い、お互いの無事を確認しあった。毎月が奇跡だった。たとえ具合がひどいときでも、元気な顔をして生きていた。

わたしはいまでも、人間の体とその能力に畏敬《いけい》の念を抱いている。精密機械技師として、何年もひじょうに複雑で精巧な機械をつくってきたが、人体のような機械はつくれなかった。人間の体は最高の機械だ。燃料を生命に変え、自己修復ができ、必要なことはなんでもできる。だから、いまの人たちが体をないがしろにするのをみると心が痛む。タバコを吸ったり、お酒を飲んだり、有害な薬物を摂取したりして、このすばらしい機械を台無しにしている。世界最高の機械を破壊しているのだ。無駄遣いもはなはだしい。

アウシュヴィッツでは毎日、限界ぎりぎりまで、さらに極限まで追いこまれた。飢え、なぐられ、寒さに凍《こご》え、傷つけられた。それでも体はわたしを動かし続けた。生かしてくれた。そしていま、百年以上も生かしてくれている。なんとすばらしい機械だろう！

アウシュヴィッツの病棟でなにがおこなわれていたのか、わたしたちはいっさい知らなかった。戦後になって、メンゲレとほかの医師たちが密室で男と女と子どもにおこなっていた常軌《じょうき》を逸した残酷《ざんこく》な人体実験は世界中の知るところになったが、当時は単なる噂《うわさ》でしかなかった。ただ、被収容者が病気になって病院に連れていかれると、二度と会えなくなる可能性が高かった。

あるときわたしは、感染症で肝臓をやられた。黄疸《おうだん》症状が出て体が衰弱し、皮膚が病的に黄色くなった。わたしは病棟に二週間入れられたが、クルトはとても心配した。クルトにはわたしがちゃんと治療を受けているか、食事を与えられているか、わからなかったのだ。そして自分の夕食の熱いスープが入ったボウルを持って見舞いにくることにした。外は猛烈な吹雪で、風がうなりをあげていた。クルトが苦労しながら吹雪のなかをこちらに向かってくる様子がみえた。ところが、後ろから親衛隊《しんえいたい》の兵士が追っている姿がみえた。引き返せ、気をつけろと合図を送ったが、クルトには理解できず、わたしは兵士がクルトをつかまえるところをただみているしかなかった。ナチスはボウルを取り上げ、それでクルトの頭をなぐった。クルトは顔に大やけどを負った。

痛ましくて言葉も出ない。わたしたちはクルトのやけどを雪で冷やし、親しくしていたキンダーマン医師のところに急いだ。やけど用のクリームと包帯が手に入ったので治療できたが、そうでなければ、顔はすっかり焼けただれていただろう。キンダーマン医師はクルトを救ってくれた。また先生は、妹に必要な薬も手に入れてくれた。冷水に足をつけて何か月も立っていたせいで壊疽《えそ》を起こし、特別な治療薬を注射する必要があったのだ。わたしは収容所が静かなときに、ほんの短時間、こっそり妹と会った。アウシュヴィッツ収容所の端にある女性収容棟とはフェンスで区切られており、運がよければそのフェンス越しに少し話ができたのだ。長いあいだ、妹とはそこまで近づくのが精一杯だった。

第十章　命あるところに、希望はある。

毎朝鐘が鳴ると、被収容者は点呼のためにバラックから移動させられた。一九四五年一月十八日、その日は午前三時に鐘が鳴り、点呼のあと、仕事に行かなくていいと言われた。その後わたしたちはドイツに向かって道路を行進させられた。

ドイツ軍は圧倒的に不利な状況に追いこまれていた。ソ連軍がわずか二十キロ先まで迫り、アウシュヴィッツを管理していたナチスはパニックになった。彼らがわたしたちにしたことが明らかになるのをひじょうに恐れていたのだ。アウシュヴィッツ全収容所からの退去と焼却炉の爆破命令が出た。ナチスはわたしたちをどうすればいいのかわからず、ドイツのほかの収容所まで行進させることにした。これは〈死の行進〉として知られている。途中で一万五千人の被収容者が死んだ。歩いているうちに凍死《とうし》した者もいれば、疲れはてて倒れた者もいる。兵士たちは倒れた人の口に銃口を突っこんで撃ち殺した。わたしたちは雪のなかを延々と行進させられた。一晩中、兵士たちが倒れた人を撃ち殺す銃声が響いた。パン、パン、パン。

わたしにとってこれが人生でいちばんつらい体験だった。気温はマイナス二十度以下で、食料も水もなく、三日間歩き続けた。それでもわたしにはクルトがいた。ようやくグライヴィッツという町に着き、廃墟《はいきょ》になっていたポーランド軍のいた建物の二階で寝ることになったのだが、そこでクルトが、もう一歩も歩けないと言った。「エディ、もうこれ以上は無理だ」クルトにそう言われ、わたしの胸に絶望が忍び寄ってきた。世界で一番の親友が撃ち殺されるのをみたくない。わたしは必死で隠れ場所を探した。階下のシャワー室の天井に四角い天井点検口があるのに気がついた。わたしは折りたたみのはしごをみつけてのばし、扉を開けてみた。

人が隠れられるかどうか上をのぞいてみると、先客が三人いた。こちらもあわてたが、むこうはもっとあわてた。わたしをナチスだと思ったのだ。クルトもそこに入れてもらうことになった。だがほかの人もこれに気づくかもしれない。わたしは大きな木の板をみつけて上にあげ、点検口をふさいでもらうことにしたが、その前にクルトを抱きしめ、別れを告げた。これでクルトに半分でも生きるチャンスが与えられる。わたしは喜んでひとりでもどり、死の行進に参加した。わたしには絶対に生きのびようという意志がある。生きのびれば、いつかまたクルトに再会できるかもしれない。

ようやく駅に着くと、ナチスはわたしたちをブーヘンヴァルト行きの貨車に乗せた。無蓋《むがい》貨車に三十人ずつ。全員凍死寸前だ。収容所の薄い上着では寒さをしのげない。わたしといっしょの貨車に乗っていたある男性は仕立屋で、生きのびるためのいい考えを思いついた。彼はみんなに上着を脱ぐように言うと、根気よく作業をして巨大な毛布をつくった。わたしたちは足から毛布に入って頭だけ出し、ブーヘンヴァルトまでの四、五日を過ごした。この斬新《ざんしん》なアイデアのおかげで、生きのびる暖かさを得られたのだ。

雪がどんどん降ってきた。ブーヘンヴァルトに着くころには、毛布の上に五十センチほど積もっていた。喉がかわいたら、手を伸ばして雪をつかめばいい。食料の配給はなかったが、チェコスロバキア〔一九一八年から一九九二年までヨーロッパに存在した国。現在のチェコ共和国とスロバキア共和国により構成されていた〕を通過中に、ときどき女性が何人か、列車と並んで走りながらパンを投げてくれた。三十人にひとつのパンではとても足りないが、たとえひと口でも、ないよりはましだ。わたしにとっては、世界にはまだ善良な人がいることの新たな証《あかし》だ。おかげで希望が生まれた。希望は体を活性化する燃料だ。

人間の体は最高の機械だが、精神的な活力がなければ動かない。食料がなくても数週間、水がなくても数日は生きられるが、希望がなければどうだろう？　まわりの人々への信頼がなければどうだろう？　おそらく体は故障して、壊れてしまう。しかしわたしたちは生きのびてきた。友情や助け合いがあり、希望があったからだ。ほかの貨車は凍死した哀れな人の死体でいっぱいだった。なぜそれがわかったかというと、ブーヘンヴァルトに着いたとき、死体を焼却炉に運ぶよう命令されたからだ。そこには大きなタイヤのついた木箱のような荷車があった。わたしは十体ずつ荷車に乗せ、ゆっくりと引き始めた。作業中、死体の足をつかんだ瞬間、相手が体を起こして話しかけてきた。わたしは心臓が止まりそうになった。
彼はフランス語でこう言った。「ポケットに入っている写真を預かってください。三週間前に結婚しました。妻はユダヤ人ではありません。妻になにがあったか伝えてください」。わたしは泣いた。まだ二十歳くらいの若者だった。貨車から下ろすとき、すでに息はなかった。わたしは彼の服のポケットから写真を抜き取った。

ふたたびブーヘンヴァルトにもどってきた。一九三八年、初めて送られたこの収容所が悪夢の始まりだった。ナチスの方針が決まるまで、わたしたちは巨大な倉庫に閉じこめられた。ここからは逃げられない。死んだも同然だ。そこには親衛隊《しんえいたい》の上級曹長《そうちょう》がいた。被収容者を残忍で異常な拷問《ごうもん》にかけることから、ブーヘンヴァルトの死刑執行人として知られていた。彼は聖職者を逆さにしてはりつけにしたり、被収容者を白リンで焼いたり、中世の拷問を真似て木から吊るしたりした。戦況が悪化するにつれ、ナチスの残酷《ざんこく》さと狂気はますますひどくなった。

三日目の夜、親衛隊の兵士がきて「このなかに機械技師はいるか？」と叫んだ。一瞬間を置いてから、わたしは手を上げた。「はい、います」

ほかに選択肢はなかった。ブーヘンヴァルトにいれば確実に死ぬ。しかし別の収容所なら、生きのびるチャンスがあるかもしれない。わたしは森の近くにあるゾネンブルクという、被収容者が二百人しかいない小さな収容所に移された。幸運だった。それから四か月、収容所から二十キロ離《はな》れたアウマという町にある特殊機械専門の工場で、それまでよりずっと楽な仕事をした。毎朝迎えにくる専任の運転手がいて、地下の工場で凍《こご》えるような思いをせずに一日中、機械仕事をした。とはいえ、自由にはほど遠かった。ギアを調整する機械に鎖でつながれていたのだ。鎖の長さは十五メートルで、機械のまわりを少し歩けるくらいだ。そしてまたしても首に、「七回ミスをしたら絞首刑《こうしゅけい》」、という札《ふだ》を下げさせられた。

仕事はひじょうに特殊な部品の調整もあり、高い精度が求められた。一ミリでも誤差があれば、その部品は使えない。完璧にサイズどおりに削らなくてはならないのだ。わたしは朝の六時から夜の六時まで、慎重《しんちょう》に作業を続けた。

ほかにも各機械を操作する被収容者が何人かいて、わたしが話しかけられるくらい近くにもひとりいたが、彼はロシア語しか話せなかったので、会話はなかった。一日のなかで人間的な接触があるとしたら、毎朝わたしを機械につないで、夕方になると収容所に連れていく兵士だけだ。彼の仕事は三時間ごとにわたしの様子を確認し、配給のパンを渡し、トイレに連れていくことだったが、酔っぱらって姿をみせないことがよくあった。トイレに行きたいのに、彼がいなくてどうしていいかわからないときなど、仕方なく機械の裏を開け、予備の雑巾《ぞうきん》を敷いて用を足し、終わると機械の裏を閉めた。もし彼にみつかったら確実に殺されただろうが、どうせなら人としての尊厳《そんげん》を保って死にたい。

この酔っぱらいの兵士は、親衛隊員のなかでも極めて卑劣《ひれつ》だった。彼はときどき、いやなことがあったとか飲みすぎたとかいうだけで、こちらに落ち度がなくてもなぐった。彼は収容所にもどる車のなかで、よくこんなことを言った。「だれにも言うなよ。もししゃべったら、おまえを後ろから撃って、逃亡しようとしたと説明するからな。みんな死んだユダヤ人よりおれの言葉を信用するだろう」

ある日、工場の責任者が呼んでいると兵士に言われた。わたしは、七回ミスをしたにちがいない、絞首刑のときがきたと思った。そして隣の機械を操作していたロシア人の男に向かって、言葉は理解できないだろうから、身振りでわたしのパンを食べてくれと伝えた。

「これから行くところでは、パンは必要ないんだ」。わたしは言った。

責任者はゴーという男性だった。わたしよりも年配というか、父の倍ほどの年齢にみえる。白衣を着て、現在のわたしと同じような白髪だ。わたしはてっきり、怒鳴られて絞首刑にされると思っていたが、彼はやさしく話しかけてきた。イザドールの息子かときかれ、わたしが「はい」と答えると、彼は泣きだした。第一次世界大戦のとき、父といっしょに捕虜《ほりょ》になったそうだ。父が殺されたことを心から残念に思っているが、自分には止める力がなかったと言った。

「エディ、逃がしてやることはできないが、毎日、内緒で食べ物を用意しておく。それくらいしかしてやれない。ただ、食べきれなかったら、人にやったりしないで必ず捨ててくれ」

約束どおり、その日から毎日、出勤すると機械のなかに食べ物が隠されていた。機械の側面に専門の工具を入れる小さなスペースがあり、仕事前にそこをのぞくとパンや牛乳で煮たオートミール、ときにはサラミが入っていた。食べ物は大歓迎だったが、そのころ被収容者は歩く骸骨《がいこつ》だった。消化器は飢えと粗末な食べ物ですっかり弱り、食べ物をほとんど受けつけなくなっていた。オートミールもそのままでは消化できないので、トイレに行って水を足した。牛乳は濃すぎるし、サラミも食べられなかった。食べたら死んでしまいそうだった。かといって、ほかの被収容者にゆずれば、父の旧友を危険にさらしてしまう。なので機械にかけてすりつぶして捨てた。想像してほしい。ひどく飢えているのに食べられない状況を。しかし、この小さな親切は新たな力を与えてくれた。あきらめない力を。

工場長の親切はわたしの健康を回復させることはできなかったが、それはわたしの体が衰弱していたせいだ。しかし、だれもがわたしたちを嫌っているわけではないことがわかった。これはおそらく、食べ物よりもはるかに価値があったと思う。「エディ、あきらめるな。あきらめたらおしまいだ」。そう思わせてくれたからだ。もしあきらめてしまったら、もし生きる意味がないと思ってしまったら、長くはもたない。命あるところに、希望はある。そして、希望があるところに、命がある。

わたしがこの収容所にいたのは、ソ連軍が接近してくるまでのわずか四か月だ。夜になると英米軍の航空機が収容所の上空を飛ぶようになり、そのうち爆弾を落とし始めた。工場の地下深くにいても、爆撃《ばくげき》の音がきこえた。ある夜、爆弾が工場を直撃した。爆音は地下二階まで響き、そこにいたわたしは床に叩きつけられた。すぐ近くで火の手があがり、兵士たちはパニックになって「Raus《ラウス》! Raus《ラウス》!（外だ！　外だ！）」と叫びながら工場内を走りだした。わたしはどうすればいい？　大声で兵士を呼ぶと、駆けてきて機械とつないでいた鎖を外してくれた。ところがその兵士は、地上に出て初めて、わたしがただの被収容者ではなくユダヤ人だと気づいた。彼は命がけでわたしを助けたことを知ってかっとなり、銃床《じゅうしょう》でわたしを思いきりなぐった。わたしは顔に大けがをして、その後何週間も頭痛が治まらなかった。

わたしは傷口を縫われたあと、工場の別の場所に移され、さらに地下深くで、ギアボックスの組み立てラインの仕事につかされた。ナチスの戦争用の車両や武器――ジープ、トラック、戦車、大砲――にはどれもギアボックスが必要だった。それがどこに運ばれるのかは知らなかったが、いずれにしても、戦況がドイツにとって有利に展開していないことは明らかだった。

遠くで大砲の音がきこえた。ソ連軍の鈍《にぶ》い砲声にイギリス軍の地を揺《ゆ》るがす爆音。爆撃が始まってから二週間後、ナチスはふたたび被収容者を移送したが、今回は目的地がなかった。ソ連軍から逃れようと行進したと思ったら、アメリカ軍に近づきすぎて引き返さざるをえなくなり、結局わたしたちは三百キロ近くぐるぐると歩かされた。

ナチスは被収容者の扱いに困った。わたしは撃ち殺されるのではないかとおびえていた。戦争が終わったのは明らかだったが、わたしたちはナチスの残虐《ざんぎゃく》行為の目撃《もくげき》者だ。殺人犯なら、目撃者は殺す。

被収容者たちは日に日に衰弱し、ナチスは絶望的状況に追いこまれた。兵士さえ脱走したいと思うようになった。毎晩、何人かの兵士が任務を放棄して暗闇のなかに姿を消した。

わたしたちが行進していたのはドイツが誇《ほこ》る広い道路で、両側に側溝《そっこう》がある。ところどころ、道路の下に左右の側溝をつなぐ排水管が通っていて、水が流れるようになっている。逃げるならいまだ。しかし準備が必要だ。

行進を続けていると、ドイツ風のキュウリの酢漬けをつくるための木の樽《たる》がいくつかあった。ふたは分厚くて大きい。わたしはそれをふたつ借りて、行進中ずっと持って歩いた。ほかの被収容者は、わたしがおかしくなったと思った。こんなに体が弱っているのに、使い道のない大きな木のふたを持ち歩いている、この頭の変なユダヤ系ドイツ人はなにを考えている？　そう思ったことだろう。休憩のときは、ふたの上に座った。そうすれば、兵士にはふたがみえない。ある日の夕方遅く、野原で一頭の馬がみつかった。飼い主に捨てられたのだろう。かわいそうにその馬はわたしよりもやせていた。司令官は馬をみて、夕食になると考えた。そこで休むことにして、スープを出すぞと部下に言った。その夜、兵士や被収容者たちはみんな集まって、馬のスープが配られるのを待った。

チャンスだ。これが最後のチャンスだ。

だれにもみつからないほどあたりが暗くなったとき、道路から走って側溝に飛びおり、排水管のなかに入った。排水管の下半分は水がきていたので、下半身が凍《こお》りそうだ。水の流れが速くて、すぐに靴が脱げた。寒さと疲れで眠りそうになったので、持ってきたふたを体の両側に置いてうとうとした。どれくらい眠っていたのかわからないが、目が覚めると、左右の木片に弾丸がめりこんでいた。右側に三十八発、左側に十発。この木の樽のふたがなかったら、死んでネズミの餌《えさ》になっていただろう。排水管に隠れて成功した者がほかにいない理由はこれだ。行進の最後尾を守る兵士が、側溝の左右から排水管の奥に向かって短機関銃で銃弾を撃ちこんでいくことになっているのだ。

排水管から出ると、ナチスもだれもいなかった。自由だ！　しかし、体調はひどく悪かった。わたしは石を拾って血が出るまで腕の番号をこすった。しばらく歩くと、田舎の小さな家にたどり着いた。ポーランドで撃たれたときの家によく似ている。朝早いがドアをノックすると、十七、八歳の少女が出てきた。

「怖がらないで」。わたしは正しいドイツ語で言った。「わたしはきみと同じドイツ人だ。ユダヤ人でもある。助けてほしい。お父さんかお兄さんの靴を貸してくれないか？　お願いはそれだけだ」

少女が父親を呼びに行くと、五十歳くらいの男性が現れた。そしてまだ血がにじんでいるわたしの腕と丸刈りの頭をみて泣きだした。そして手を差し伸べた。

「入りなさい」。彼は言った。

「いいえ」とわたしは答えた。信用できなかったのだ。彼は服をあげようと言った。上着、つばのついた帽子、まともな革靴。どれも三年間、身につけたことがなかったものだ。わたしはその場で縞模様の被収容者の服と帽子を投げ捨てた。

今夜は母屋《おもや》の裏口から三十メートルほどのところにある干し草小屋で寝なさい、朝になったら助けてあげようと言われ、わたしはその小屋で眠った。しかし早朝には抜け出し、四キロ歩いて森まで行った。ここならだれにもみつからず、安全に隠れていられる。夜、寝られそうな洞窟をみつけたが、困ったことがあった。夜中に何百匹ものコウモリが飛び回り、わたしの頭を攻撃してきたのだ。幸いなことに、わたしにはコウモリがつかまるほどの髪がなかった。

翌日、別の洞窟をみつけた。ここなら絶対だれにもみつからない。そこはとても奥行きがあって暗かったので、ときどき自分でも出口がわからなくなった。毎日の食事は、生のナメクジとカタツムリだ。ある日、ニワトリが洞窟に入ってきた。わたしはニワトリに飛びかかり、この手で哀れな動物を殺した。空腹で必死だったのだが、調理することはできなかった。棒と石で火をおこそうとしたのだが、うまくいかなかったのだ。小川から汲んできた水は汚染されていた。しだいに具合が悪くなり、とうとう立ち上がれなくなった。

もう無理だと思った。どうしようもなく、まったく歩けない。いまナチスに撃ち殺されるなら、望むところだ。わたしは這《は》うようにして道路まで行き、顔をあげた。こちらに向かってくるのは、戦車……アメリカ軍の戦車だ！

あのまぶしいアメリカ兵たちを、わたしは決して忘れない。彼らはわたしを毛布でくるんでくれた。一週間後に目を覚ますと、そこはドイツの病院だった。一瞬、頭がおかしくなったのかと思った。昨日まで洞窟にいたのに、いまは白いシーツと枕のあるベッドにいて、まわりには大勢の看護師がいる。

病院の院長は口ひげをたっぷりと生やしていた。ときどきベッドのそばに様子をみにきてくれたが、わたしがどれくらい悪いのか何度きいても答えてくれなかった。

かなり悪いのはわかっていた。コレラと腸チフスにかかり、栄養失調で体重は二十八キロしかない。ある日、エマという看護師がきた。彼女は毛布の上に耳を近づけて、わたしが息をしているか確認した。わたしは彼女の腕をつかみ、こう言った。「エマ、先生からきいていることを教えてくれるまで、手をはなさないよ」。わたしは泣きだした。彼女はわたしの耳元で小声で言った。「死ぬ確率は六十五パーセント。運よく生きのびられる確率は三十五パーセントよ」

その瞬間、神に誓った。もし生きのびられたら、まったく新しい人間になろう。ドイツを離れ、わたしにすべてを与え、すべてを奪ったこの地には二度ともどらない。そして、ナチスが世界に与えた傷を癒《い》やすことに残りの人生をささげ、毎日を精一杯生きよう。

わたしには信念がある。モラルを失わず、希望にしがみついていれば、体は奇跡を起こせる。明日は必ずくる。死はいずれおとずれるが、命あるところに、希望はある。それなら希望に賭けてみよう。失うものはなにもないのだから。

そして、友よ、わたしは生きている。

第十一章

世界ではつねに奇跡が起きている。たとえ暗くみえるときでも。

六週間の入院中、少しずつ体力が回復し、元気になると、家族を捜すためにベルギーに向かおうと決めた。出発前に簡易の難民証明書を発行してもらい、簡素な服――ズボン数枚とシャツ二枚と帽子――をもらった。

行けるところまでヒッチハイクしながら歩いたが、国境で止められ、ドイツ人は入国できないと言われた。

「いいえ」。わたしは国境の兵士に言った。「ドイツ人ではありません。ベルギーがナチスに引き渡して、殺すにまかせたユダヤ人です。ですが、生きのびました。そしていま、ベルギーにもどろうとしているところです」。彼らはなにも言えず、わたしを入国させてくれただけでなく、配給カードを二倍くれた。それから普通の配給量以上のバターやパン、肉などをもらえることになった。どれも戦後の配給品では貴重なものばかりだ。ブリュッセルに着くとまず、ドイツから逃れた直後に家族が住んでいた快適なアパートメントに行った。建物はまだあったが、離《はな》れるときに置いていくしかなかった荷物はすべてなくなっていた。当然ながら、家族も親せきもいない。どの部屋も空っぽだ。二度と家族や親せきに会えないと思うと、そこにいるのがつらくてたまらなかった。もう家族のだれにも会えない。戦争が始まる前は、ヨーロッパ中に百人以上の親せきがいた。それがいま、わたしの知るかぎり、自分ひとりになってしまった。

解放されてもそれほどうれしくなかった。解放されれば自由だ。しかし、なんのための自由だ。ひとりになるためか？　他人のためにカディシュ（ユダヤ教の祈り）を唱えるためか？　そんなふうに生きていたくはない。解放されたとき、みずから命を絶った人を大勢知っている。幾度も悲しい思いをしてきた。とても寂しかった。母に会いたくてたまらなかった。

どうするか決めなければならない。生きるのか、薬を探して両親のあとを追うのか。

しかしわたしは、自分にも神にも誓った。最善をつくして生きてみると。そうしなければ、両親の死も、これまでの苦しみも、すべてがむだになってしまう。

だから、生きることを選んだ。

行くあても、会う人もないわたしは、ユダヤ人福祉協会の無料食堂で時間をすごした。そこはブリュッセル中のユダヤ人難民や、連合国軍のユダヤ人兵士に食事と交流を提供する場になっていた。そこで驚《おどろ》くべきものを目にした。ここ何年も同胞《どうほう》が撃たれ、迫害され、飢えて骸骨《がいこつ》と化していくのをみてきたばかりだというのに、ここでは、たくましく、戦争で鍛えられた健康なユダヤ人兵士に囲まれたのだ。ヨーロッパ、アメリカ、イギリス、パレスチナ、世界中から集まった兵士たち。信じられない光景だった。

さらに信じられないことが起こった。食事を待つ列のなかに、世界一の親友がいた。クルトだ!

ああ、なんということだ! 想像できるだろうか? わたしにとって兄弟同然の、つねにそばにいて地上の地獄を生きのびるのを助けてくれたクルトが、置き去りにしたグライヴィッツで死んだと思っていたクルトが、いまこうして無事にベルギーでコーヒーを飲み、ケーキを食べている。ああ、クルトにまた会えて、どれほどうれしかったことか。わたしたちは抱き合い、喜びの涙を流した。

食事をしながらクルトがこれまでのいきさつを話してくれた。彼が天井に隠れていたのはたった二日だった。兵士の重いブーツの足音が近づいてきて、クルトといっしょにいた男たちは、今日でいよいよ最期だと思ってふるえあがったが、ロシア語がきこえてきたので投降した。ソ連兵に、自分たちは無害な捕虜《ほりょ》だと納得させるのに時間がかかった。だれもロシア語が話せず、ソ連兵もドイツ語が話せない。ソ連兵はヨーロッパ中でナチスの残虐《ざんぎゃく》行為の証拠をみつけ、当然ながらナチスに激しい怒りを覚えていた。そしてクルトたちがその犠牲者だとわかると、彼らを手厚く保護した。食事を与え、服を与え、黒海最大の貿易港オデッサに連れていったのだ。クルトたちは戦争が終わるまでそこで安全にすごした。その後クルトはオデッサからブリュッセル行きの船に乗ることができ、わたしより数か月前にここに着いた。

わたしはクルトに再会できた喜びでいっぱいだった。死んだにちがいない、もう二度と会えないと思っていたクルトがいま、いっしょにコーヒーを飲み、ケーキを食べている。この世界で、わたしはもうひとりきりではない。両親は亡くなり、妹はどうなったのかわからないが、クルトと家族を始められる。これはあきらめずに生きろというサインだ。わたしは人生のなかで何度もクルトと別れては再会したが、それはいつも奇跡的な出会いだった。

食料や配給品をもらうため、クルトといっしょに難民センターに行った。ところが角を曲がって驚いた。通りにはすべてを失ったユダヤ人難民が何百人と並んでいたのだ。「慈善《じぜん》事業に頼っていたら、生計を立てるのは無理だ。仕事をみつけないと」。わたしはクルトに言い、ふたりで列を離れて職業あっせん所に行った。そして、仕事がみつかるまで帰らなかった。

腕のいい木製家具職人のクルトはすぐ、美しい家具をつくる小さな工場の責任者になった。わたしは鉄道関係の機械をつくる工場を開きたいという男性の広告をみつけた。彼は精密機器の技師を必要としていた。その男性はベルナルド・アンシェールといって、とても親切で寛大な人で、いっしょにスイスに行き、必要な専門道具をすべて購入してくれた。まもなくわたしはその工場の責任者になり、二十五人の従業員を使うようになった。

仕事について一週間後、クルトとわたしはブリュッセルの中心部にあるすてきなアパートメントの手付金を払った。わたしたちは車をもち、収入も増えたが、生活が突然よくなったことで居心地の悪い思いをすることもあった。人々はまだ裕福そうなユダヤ人を不審に思っていたのだ。古い反ユダヤ的な風潮はひと晩で消え去るわけではない。わたしはときどき工場でほかの人が「強欲なユダヤ人」と言ったり、遠回しにわたしがベルギー人の家族から仕事を奪っていると言ったりするのを耳にした。そのたびに深く傷ついた。なにしろ、わたしはベルギーに家族全員を奪われたのだから。

ところが、家族全員が奪われたわけではなかった！　ブリュッセルに住み始めて数か月後のことだ。地元のユダヤ人新聞にホロコーストを生きのびた人たちが、離散した家族に自分の生存を知らせる欄《らん》があり、そこにわたしの写真が掲載されていた。それからまもなく、ある下宿屋で妹のヘニをみつけた。妹は〈死の行進〉でわたしと離れたあとも生きのびて、最後の数か月は比較的安全に暮らしていた。ラーフェンスブリュック強制収容所の近くにあるリンゴ農園で働いていたのだ。ふたつめの奇跡だ！　世界一大切なふたりが生き残っていた！　信じられなかった。わたしとクルトはアパートメントに妹を呼んでいっしょに住むことにした。

家族を失い、もう二度と家族がもてないと思っていた。それがいま、世界一大切なふたりが生きていて、そばにいる！　こうしてわたしは、家族を得て人生の立て直しを始めることができた。

ある晩、アパートメントでクルトとベルギーの日刊紙『ル・ソワール』を読んでいた。そのとき、ふたりのユダヤ人少女が橋から飛び降りて自殺を図ったという記事を目にした。ふたりはアウシュヴィッツ第二収容所のビルケナウにいたが、ブリュッセルにもどったとき、家族が全員いなくなったと知り、死のうと決意したという。飛び降りた橋はそれほど高くなかったが、その下を荷船が定期的に運行していた。もし船のデッキに落ちていればまちがいなく死んでいただろう。しかしかわいそうな少女たちは川に落ち、すぐに保護されて精神科の病院に運ばれた。わたしとクルトは、なんとかしてふたりを助けたいと思った。

クルトとわたしが病院に行って面会を希望すると、ふたりが寝ている病棟《びょうとう》に連れていかれた。そこにはもうひとり自殺しようとしたユダヤ人の少女がいた。胸が痛んだ。彼女たちはこんなところにいるべきではない。そもそも病院自体ひどかった。わたしたちは病院の責任者に会いに行き、三人を引き取りたいといった。

「住み心地のいいアパートメントに住んでいて、経済的な余裕もあるので、彼女たちの面倒はみられます。あの子たちを閉じこめないでください。ここの病院の環境はひどい。もし正気だったとしても、三か月もここにいれば気がおかしくなってしまいます」

病院の責任者をどうにか説得し、三人の少女が家にきた。わたしはアパートメントのドアを開けて、彼女たちに言った。「いいかい。ぼくたちは男ふたりだが、決してあやしい者じゃない。これからきみたちはわたしの妹だ」。こうして三人が収容所のつらい体験から立ち直るあいだ、いっしょに暮らした。わたしは定期的に三人を病院に連れていった。肌がひどくただれていて、硫黄泉《いおうせん》の風呂に入らなければならなかったのだ。この風呂が必要なのは、クルトとわたしよりも健康だった妹もふくめて、全員だった。クルトとわたしにいたっては、週に二回行かなければならないこともあった。そのうち、すぐに三人は元気になった。頭はおかしくなかったし、それまでもおかしくなったことはなかった。地獄を経験してきたのだ。彼女たちに必要なのはほんの少しのやさしさだった。収容所を経験していない人には理解しがたいと思う。三人に家と癒《い》やしの場を与えることは、クルトとわたしにとって、わたしたちを生かしてくれた神への恩返しであり、感謝の気持ちを伝える方法だった。やがて三人は完全に回復して社会に出ていき、仕事とすてきな配偶者をみつけた。その後も彼女たちとはず

エディの妹ヘニとエディの大親友クルト・ヒルシュフェルト。1945年

っと連絡をとり続けている。

この三人に出会って手を差し伸べたことで、父の言葉を本当の意味で理解することができた。「苦しんでいる人を助けるのは幸運な人の務めだ。受け取るよりも与えるほうがいい」。世界ではつねに奇跡が起きている。たとえ絶望的に思えるときでも。奇跡がみえないときは、自分で起こせばいい。ほんの少しの親切が、ほかの人を絶望から救い、その人の命を救うかもしれない。それこそが、最高の奇跡だ。

第十二章　愛は最良の癒やし。

ヨーロッパでは、心が完全に安らぐことはなかった。同胞《どうほう》の迫害、国外追放、殺害を止めるためになにもしなかった人たちに囲まれているという感覚を払拭《ふっしょく》できなかったからだ。合計で二万五千人以上のユダヤ人がベルギーからドイツに移送され、そのうち生き残ったのは千三百人に満たない。

ブリュッセルではまわりにナチスの協力者がいると感じることもあった。わたしの両親を密告した人たち――それがだれかを知ることはもうないだろう――が、カフェの隣のテーブルでコーヒーを飲んでいるかもしれない。人々は憎しみや反ユダヤ主義、恐れ、あるいは貪欲《どんよく》さから、ユダヤ人を糾弾《きゅうだん》した。隣に住んでいたユダヤ人家族を死に追いやった連中も多い。彼らは隣のユダヤ人の財産をうらやみ、一家が収容所に送られたあと略奪《りゃくだつ》した。

ある日ブリュッセルで、クルトといっしょに市場が開かれる美しい広場を歩いていると、信じられないものを目にした。わたしはクルトのほうを向き、広場の向こう側にいる男を指さした。その男の着ているしゃれたスーツに見覚えがあったのだ。

「あの男なんだけど」とわたしは言った。「着ているのはまちがいなく、ぼくのスーツだ！」

「まさか！」

「いや、まちがいない。あとをつけよう」。最後にそのスーツをみたときは、両親のアパートメントのタンスにかかっていた。

尾行《びこう》していくと男はカフェに入った。わたしは男に近づき、そのスーツはわたしのだが、どこで手に入れたのかとたずねた。男はわたしの頭がおかしいと言い、スーツはオーダーメイドでつくったものだと言ったが、そんなはずはない。それはわたしがライプツィヒでつくったもので、サイクリング用に裾《すそ》をすぼめた独特のデザインだったのだ。

わたしは警察を呼んだ。

「カフェで座っている男がみえますか？　彼はわたしのスーツを盗んだんです」

「わかった」。警察は言った。「なかに入って、上着を脱ぐように言ってみよう」

男は最初拒否したが、そのうち仕方なく応じた。すると思ったとおり、そのスーツには戦前にわたしがライプツィヒで訪れた腕のいい仕立屋のブランド名が入っていた。男はドイツ語のラベルを読めず、決まり悪そうにスーツを返すことに同意した。彼はただの泥棒でたいしたことはしていないのだろうが、手をユダヤ人の血で染めた共犯者はまだ平然と歩き回っていた。

一度外を歩いていたら、わたしのいたバラックのカポに遭遇した。ナチスの手先になってほかのユダヤ人を苦しめたユダヤ人犯罪者だ。その男が生きていて、自由の身だということが信じられなかった。わたしは警察に行って、裁判にかけてほしいとたのんだが、あきらめろと言われた。彼はブリュッセルの有力政治家の娘と結婚していて、警察はかかわりたくなかったのだ。

クルトとわたしは自分たちで復讐《ふくしゅう》しようとも考えたが、その男はわたしたちと会ってから警戒するようになり、どこへ行くにもボディガード代わりの仲間を連れ、二頭の立派なジャーマンシェパードをそばから離さなかった。彼もふくめ、大勢の犯罪者や殺人者は正義の裁きを受けずにすんでいる。

ベルギー政府はわたしの扱いを決めかねているようだった。わたしは難民だったので、ブリュッセルに滞在する許可は半年ずつしかおりなかった。工場の責任者であり、二年間の雇用契約があったにもかかわらずだ。

わたしはブーヘンヴァルトの列車で死んだ男性から預かった写真の女性を捜しだし、彼が最後の瞬間まで彼女を思っていたことを伝えた。彼女はとても感動し、家族と夕食をいっしょにしてほしいと誘ってくれた。わたしはきちっとしたスーツを着て、花とケーキを持っていったが、彼女の家族に歓迎されているとはとうてい思えなかった。

彼女の父は「ん？」と顔をしかめると「きみはユダヤ人か」と言った。わたしは食事もせずに立ち去った。そして彼女に、友人にはなれないと伝えた。もしわたしと友だち付き合いをしたら、彼女は家族を失うことになる。

わたしたち生存者がベルギーの社会に溶けこむのは並大抵の苦労ではなかった。反ユダヤ主義は根強く残っていたし、わたしたちユダヤ人は世間を信頼しきれずにいた。わたしたちは、経験しなかった人には理解できない恐怖を目《ま》の当たりにしてきた。ほかの善意ある人がいくら理解しようと思っても、それは理解しようがない。わたしの経験を本当に理解しているのはクルトだけだ。しかし、いつまでもいっしょにいられるわけではない。クルトはシャルロッテというすばらしい女性をみつけ、一九四六年二月に結婚した。

心からくつろげる場所もなくなり、心から打ち解けられる人もいなくなって、このままなのだろうかと不安になりだしたとき、フロアー・モルホという美しい女性に出会った。彼女はギリシアのサロニカという町でセファルディム〔離散したユダヤ人のうち、スペインとポルトガルに居住した人々とその子孫〕の家庭に生まれ、ベルギーで育った。出会ったとき彼女が働いていたのは、ブリュッセルのモーレンベーク地区の役場、メゾン・コミュナールだ。そこは戦後の配給が終わるまで、配給スタンプをもらいに行く場所になっていた。

ある日わたしはそこに行き、二倍配給のカードを提示して、配給スタンプをもらった。すると受付をしてくれた職員はフロアーのところに行って、腕に番号のある男がいると伝えた。フロアーは強制収容所の話をきいたことがあり、実際に体験した人に必ず話をきくようにしていたのだ。わたしは彼女をひと目みて好きになった。きみにすべてをささげる、いっしょに国外で新しい人生を始めたい、と言うと、彼女は笑った。そして事務所にもどり、解放された被収容者が、自分を国外に連れていきたがっているとみんなに話した。だれもがばかばかしいと思った。

戦時中、フロアーはとても幸運だった。ユダヤ人だということを隠して生きのびたのだ。一九四〇年五月にドイツがベルギーに侵攻したとき、彼女は地方の役場で働いていたが、ナチスは彼女がユダヤ人だと知らなかった。食料不足で生活はきびしくなり、すぐにアメリカ音楽の演奏から夜間の外出まであらゆることが禁止されたが、フロアーの生活は変わらなかった。それまでどおり仕事に行き、家で暮らしていたのだ。ところが一九四二年にゲシュタポ本部に出頭するよう命じられる。フロアーを密告したのは、彼女の仕事を妻にやらせたいと思った同僚《どうりょう》で、彼女はそこで働けなくなった。その後、所持可能な持ち物リスト――フォーク、ナイフ、毛布――を渡され、一九四二年八月四日にメヘレンにある旧軍兵舎に出頭するよう命じられ、強制収容所に送られることになった。

だが、それを知った職場の上司が、ベルギーのレジスタンスに協力してもらって彼女をフランスに移し、そこで偽《にせ》の身分証が手に入るよう手配した。フロアーはクリスティアヌ・ドラクロワという名前を名乗ることにした。それは十字架のクリスティーヌという意味で、思いつくなかでもっともキリスト教徒的だったからだ。それから二年間、フロアーはパリに住み、いっしょに住んでいた兄のアルベルトと義理の姉マデレーン以外からは、クリスティアヌ・ドラクロワと呼ばれた。

一九四四年八月、パリが解放されたとき、フロアーはシャンゼリゼ通りでおこなわれたシャルル・ド・ゴール将軍の勝利パレードに歓声をあげる群衆のなかにいた。そしてそのわずか数週間後、ブリュッセルにもどった。

フロアーはわたしをすぐに好きになったわけではなかった。じつを言うと、最初は愛情ではなく同情がまさっていた。もちろんそれを責めるつもりはない。わたしは収容所で多くの傷を負い、親衛隊《しんえいたい》のひとりに銃床《じゅうしょう》でなぐられて何年も頭痛に悩まされていたし、栄養失調でひどい腫《は》れ物ができていた。週に二回、クルトとわたしは専門医のところへ行き、硫黄風呂につかって全身に何十か所もある痛くて臭い腫れ物を治療していた。

付き合い始めたころのデートで映画館に行ったとき、尻にひどい腫れ物ができていたわたしは、痛みでじっとしていられず、絶えずもぞもぞしていた。

「どうしたの？　どうしてじっとしていないの？」。フロアーが小声でたずねたが、どう説明したらいいのかわからなかった。家に帰ると、クルトにランセットで腫れ物を突いてもらった。そうすると苦痛がやわらぐのだ。

しかしわたしたちはデートを重ね、お互いへの愛を深めていった。愛は人生のほかのよいものと同じで、時間と努力とやさしさが必要なのだ。一九四六年四月二十日、わたしたちは教会ではなく市の施設で式をあげた。とても親切なわたしの上司、アンシェール氏がフロアーの手を引いてバージンロードを歩き、フロアーを収容所行きから救った彼女の上司が式をとりおこなった。フロアーの母、フォーチュンネエは泣きだした。彼女はすばらしい女性で、心からわたしを家族に迎え、すぐに息子のように扱ってくれた。

こうしてわたしに妻と母ができた。

フロアーとは性格がまるでちがったが、だからいっそう彼女に魅了された。わたしは合理的で、几帳面《きちょうめん》で、機械や数字を使った仕事が好きだった。一方フロアーは知らない人と会ったり、音楽をきいたり、おいしい料理をつくったり、劇場に行ったりするのが好きだった。いっしょに芝居をみにいくと、彼女は作品をすっかり覚えていて、役者と同時にせりふを小声で言うことができた。しかしそのおかげで、わたしたちはいい夫婦になれた。自分の似姿のような人とは恋をしないほうがいい。夫婦は性格がちがうほうがうまくいく。相手に刺激されて、新しいことに挑戦し、よりよい人間になろうとするからだ。

エディとフロアーの結婚式。1946年4月20日。

結婚当初のわたしは気むずかしい人間だった。ダンスにも、映画館にも行きたがらない。たくさん人がいるところには行きたくなかった。長いあいだ恐怖を感じながら生きてきたので、いつも命をおびやかされている感覚が消えず、つねにまわりを警戒する人間になってしまったのだ。妻はそのことをなにも知らなかった。収容所を経験していない人は、どれほど人間が残酷《ざんこく》になれるか、いかにあっさりと人が死ぬかを知らない。

わたしはまだ心に大きな痛みを抱えていた。ライプツィヒで家族ぐるみで付き合っていた旧友が、長いこと放置されていたわたしの実家を訪れ、そこに残っていた私物を送ってくれた。届いた箱をふるえる手で開けると、家族の写真や書類が山のように入っていた。古い法的な書類、さまざまな身分証明書、父が払っていた保険の積み立て帳、ヴァルター・シュライフとして卒業したときからの業務手帳。二度と会えない愛する人たちのたくさんの写真。

いろいろな感情がこみあげ、わたしは泣いた。妹はつらくなるのがわかっていて、みようともしなかった。どんなに大きな痛みも、意識下のどんなに深い傷も、忘れることはできる。しかし、失ったものはすべて、証拠を目の前につきつけられた瞬間によみがええる。わたしは亡き母の写真を手にし、愛した人が二度ともどってこないという事実に打ちひしがれた。ここに証拠がある。記憶と亡霊の詰まった箱がある。

ショックだった。その箱は目の届かないところにしまってしまい、長いあいだみる気になれなかった。


わたしは幸せではなかった。

正直なところ、なぜまだ生きているのか、本当に生きたいと思っているのか、よくわからなかった。ふり返ってみると、妻には申し訳ない気持ちでいっぱいになる。最初の二、三年、妻にとってはつらい試練だった。わたしは幽霊のようなみじめな存在だったが、妻はとても生き生きとして、ベルギー社会にも完全に溶けこみ、さまざまな背景をもつ友人がたくさんいた。わたしは言葉少なく、心を閉ざし、みじめだった。

すべてが変わったのは、父親になったときだ。

結婚してから一年ほどして、フロアーが妊娠した。わたしは家族を養うのに十分な収入を得るため、ヨーロッパ中に医療《いりょう》機器を設置する会社に就職した。そこでの仕事はどこかの都市に出張し、ひじょうに特殊で複雑な手術用の機器を設置して、その操作方法やメンテナンス方法をスタッフに教えるというものだった。出張は一回あたり三、四日かかった。あるとき出張の最中に、妻が陣痛を起こしたと連絡が入った。上司はすぐにブリュッセルにもどる飛行機を手配してくれた。その飛行機はとても小さく、コックピットに屋根もなく、乗員はわたしとパイロットだけ。保護のため帽子とゴーグルを着けていたのだが、途中で嵐に見舞われた。わたしはもう妻にも子どもにも会えないかもしれないと思ったが、ようやく到着した三十分後に、子どもが生まれた。

長男のマイケルを初めてこの腕に抱いたとき、奇跡が起こった。その瞬間に、わたしの心は癒《い》やされ、あふれんばかりの幸福感がよみがえってきたのだ。その日から、自分は世界一幸運な男なのだと気づいた。そして誓った。今日から人生最後の日まで、幸せで、礼儀正しく、人の役に立ち、親切に生きよう。笑顔でいようと。

あの瞬間、わたしは変わった。わたしにとって最高の薬は、美しい妻と子どもだった。

ブリュッセルでの生活は理想的とはいえなかったが、わたしたちは生きていた。人はいまもっているもので幸せになろうと務めるべきだ。幸せであれば、人生はすばらしい。隣の芝生に目を向けてはいけない。隣人をみて嫉妬《しっと》で不快になっていては、決して幸せになれない。

わたしたちは裕福ではなかったが、暮らしていくのに不足はなかった。何年も雪のなかで飢えていたことを思えば、テーブルの上に食べ物があるだけですばらしい。結婚してからは、ベルヴェデール城がみえる美しいアパートメントに住んだ。狭いところだったが、窓からの眺めは最高だ。この眺めがあれば、自分の城は必要ないというくらいの眺めだった。それに、もし城に住めたとしても、わたしは住みたくない。掃除がたいへんだ！

まわりにはわたしたちより裕福な人がたくさんいた。「この人はメルセデス・ベンツに乗っていて、あの人はダイヤモンドの時計をしている」。しかしそれがどうした。わたしたちに車は必要なかったので、ふたり乗りのタンデム自転車を買った。もちろんわたしは改良したのだ。小さなモーターをふたつ付けたのだ。平地を走るときはモーターひとつに、坂道を上るときはモーターふたつに切り替える。それで十分だった。

生きていること、そしてかわいい子どもと美しい妻がいることは、奇跡としか言いようがない。強制収容所で拷問《ごうもん》され、飢えていたときに、「まもなくあなたに得がたい幸運が訪れる」と言われても、絶対に信じなかっただろう。妻はやがて妻以上の存在、わたしの親友になった。愛がわたしを救ってくれた。家族がわたしを救ってくれた。

これがわたしが学んだことだ。幸運は空から降ってくるものではなく、あなたの手のなかにある。幸せはあなたのなかから、あなたの愛する人たちからもたらされる。健康で幸せなら、あなたは百万長者だ。

幸せは、人と分かち合うたびに二倍になる。こんなものは世界にふたつとない。妻はわたしの幸せを二倍にする。クルトとの友情はわたしの幸せを二倍にした。新しいわたしの友であるあなたはどうだろう？　あなたの幸せも倍になることを祈っている。

毎年四月二十日は、フロアーとふたりで結婚記念日を祝う。この日はヒトラーの誕生日でもある。わたしたちはここにいるが、ヒトラーは土のなかだ。時おり夜テレビの前に座り、紅茶を飲みながらビスケットを食べているとき、自分たちはなんて幸運なんだろうと思う。これこそ最高の復讐《ふくしゅう》ではないだろうか。わたしの復讐は――世界でいちばん幸せな男になることだ。

第十三章

わたしたちは大きな社会の一部であり、すべての人が自由で安全に生きられるように尽力すべきだ。

ベルギーには定住できなかった。わたしは厳密《げんみつ》に言えばまだ難民で、六か月ごとに滞在許可を再申請する必要があった。ベルギーでの生活はとても幸せだったが、半年先までしか予定がわからなければ、安定した生活は築けない。クルトは妻とイスラエルに移住し、妹はオーストラリアに移住して結婚し、家庭をもっていた。

わたしはオーストラリアとフランスの二か国に移住申請をした。すると一九五〇年三月、オーストラリアで居住と就労の許可がおりた。わたしたち家族は蒸気船のソレント号に乗り、一か月かけてブリュッセルからパリ、パリからジェノバ、そしてオーストラリアにむかい、七月十三日、シドニーに到着した。旅費は全員で一千ポンドだったが、支払ってくれたのはアメリカ・ユダヤ人共同配給委員会というユダヤ人の人道支援団体だ。わたしは返済すると約束し、目処《めど》が立ったときすぐに返済した。彼らはとても驚き、返す人はほとんどいないと言ったが、わたしは返したかった。そのお金があれば、わたしが助けてもらったように、だれかを助けるのに使える。

エディと幼い息子マイケル。オーストラリアに向かう蒸気船ソレント号にて。1950 年。

木曜日にシドニーに到着し、その足でオコネル通りにあるエリオット・ブラザーズに向かった。そこで医療《いりょう》機器製作者として働くことになっていたのだ。置いていくところもなかったので、妻と子どもも連れていった。

上司は笑って言った。「製作者はひとりでいい。三人もいらないよ！」。そして、ひじょうに複雑な機械の設計図を持ってきた。戦争で産業が崩壊するまでヨーロッパで製造されていたタイプの機械だ。

「ああ、これなら簡単です」。わたしは次の月曜日から働き始めた。


その年のシドニーの冬は、記録的に雨が多かった。船を降りた瞬間から三か月間、雨はやまなかった。アウシュヴィッツでももっと太陽がみえていたと思う。妻とわたしはとてもがっかりした。美しいビーチとヤシの木があるシドニーの写真をみたことがあったのに、何週間も何週間も雨ばかりで、どうしようもなく寒かった。持っているものはすべて湿っぽくなった。仕事から帰ってきてシャツを干すと、湿気がシャツにしみこんだ。わたしたちはとんでもないまちがいをおかしたのではないかと思い始めた。

しかしやがて太陽が顔を出し、からりと晴れた。

わたしたちはクージーの郊外にあるすてきな家の一室で暮らすことになった。父のいとこのポーランド人、スコルパ一家に同居させてもらったのだ。わたしたちは初対面で、一家はドイツにきたことはなかったが、とても親切で寛大だった。ハリーとベラ夫妻は謙虚《けんきょ》で控えめで、三人の子ども、リリー、アン、ジャックがいた。夫妻はわたしたちの身元保証人になってくれ、クージーの小さな家で部屋と食事を提供してくれた。そして自分たちの寝室を貸してくれた。わたしたちはそこで何か月か暮らした。

ハリー・スコルパは仕立屋だった。わたしが彼と親しくなったのは、ひどい事故がきっかけだ。ハリーがゴム製の湯たんぽを使って寝ているとき、幼い子どもたちがそれを引っぱり出そうとした。子どもたちが引っぱり合っているうち、突然、湯たんぽが破裂した。幸いにも子どもたちにけがはなかったが、ハリーはひどいやけどを負った。彼は糖尿病を患《わずら》っていたので、やけどが治りにくいのだ。

わたしが車で彼を病院に連れていくと、やけどはかなりの重傷で、背中の皮が全部はがれていた。その後も定期的な治療が必要だったので、わたしは毎朝パジャマ姿で彼を車で病院まで連れていき、家に帰って一時間仮眠をとってから仕事に行った。病院の行き帰りの長いドライブでわたしたちは打ち解け、すぐに仲良くなった。

オーストラリアの人たちはとても親切だった。到着してまもなく、ボタニー通りにあるホテルで仕事仲間といっしょにいたところ、ウォルター・ルークという男性が近づいてきて、この国にきたばかりのようだが、家を買うつもりはないかとたずねた。彼はブライトン・ル・サンズの海岸近くに土地をもっていて、同じ家を二軒建てているという。そのうちの一軒を買わないかと言うのだ。そんな余裕はないと伝えると、彼は心配いらないと言って、担保付きの融資《ゆうし》が受けられるよう手を回してくれ、オーストラリアでの自活を助けてくれた。

一九五〇年十一月、新しい家に引っ越した。そこからはすべて順調だった。引っ越してから十一か月後、わたしが心から愛するフロアーの母がベルギーからきて同居することになり、増築して義母の部屋をつくった。義母もまた婦人服の仕立屋としてオーストラリアで成功し、シドニーのマダムたちを顧客《こきゃく》にもった。婦人服を仕立てるヨーロッパ人が少なかったので、街中の女性が彼女の服を求めてやってきたのだ。

そのころフロアーとわたしは、ふたりめのすばらしい子ども、アンドレを授かった。初めて長男を抱いたときほどの幸福感はないだろうと思っていたが、アンドレはそのまちがいに気づかせてくれた。アンドレを腕に抱き、長男が初めて弟に会うのをみて思った。一時にこんなに大きな幸せが訪れて、よく心がはち切れないものだ。自分の経験したすべての苦しみが、遠い昔の悪夢のように感じられた。家族が増えるのはすばらしい。無上の喜びだ。

一九五六年、クージーホテルの前を通ると改装中で、バーのカウンターと壁板が捨ててあった。わたしはそれをまとめてただ同然で買い取り、自宅に持ち帰った。これでわが家にすてきなバーができた！　そしてカウンターの残りを使って、息子たちのために机をふたつつくった。

わたしはオーストラリアは仕事をする者にとっての楽園ではないかと思い始めた。オーストラリアには信じられないほどの可能性がある。

わたしはここではなにが珍重《ちんちょう》されているのだろうと思い、周囲に目を配っていると、オーストラリア人すべてが愛するものをみつけた。自動車だ。車の経験はほとんどなかったが、自分の技術がいかせると思い、ホールデン社の車の修理を専門とする会社に就職した。機械が好きだったので、すぐに車の修理や整備の仕方を覚えた。ときどきわからないことがあると、マニュアルをトイレに持ちこみ、こっそり修理方法を勉強した。

一九五〇年代なかばには、独立するのに十分な経験を積んでいたので、マスコットのボタニー通りにあるガソリンスタンドを購入し、「エディのサービスステーション」という店を始めた。わたしはフロアーといっしょに仕事をした。わたしは車の修理をし、フロアーはガソリン給油、タイヤの空気入れ、従業員の世話、スペアパーツの販売、帳簿付けを担当した。数年後には手を広げ、修理、板金、電気系統など、それぞれの作業のできる整備士をひと通り雇《やと》い、ついでにルノー社の新車を販売するショールームもつくった。

しかしいつまでも体力が続くはずがない。一九六六年には修理工場を売却し、自分への褒美《ほうび》として七か月間休みをとり、ヨーロッパやイスラエルに行って家族や友人をたずねた。帰国後、ボンダイ・ビーチにある不動産の仲介業者に雇われ、不動産の営業担当になった。わたしは不動産免許取得のための勉強をし、その後、フロアーといっしょに不動産会社「エディ・ジェイク不動産」を開業した。

わたしたちは九十代になるまで働いたが、ついに引退のときがきた。何十年ものあいだ、フロアーとわたしは毎日事務所に行き、並んで仕事をした。わたしたちは人生のパートナーとしてはもちろん、仕事のパートナーとしても最高だった。多くの人に、彼らにとって初めての物件を貸したり売ったりするのがうれしかった。いまでも、何十年も前のことを覚えていてくれる顧客が、うちの子どもたちに会うと、わたしたち夫婦のような誠意のある不動産屋はほかにないと話すそうだ。

オーストラリアで新生活！　エディが1950年代なかばにマスコットでオープンしたサービスステーション。

（左から順に）ハリー・スコルパ、フロアーの母フォーチュンネエ・モルホ、マイケルを抱くエディ、フロアー、ベラ・スコルパ。マカビアン・ホールにて生存者の結婚式を祝う。1951年。

フロアーとエディ。シドニーにて。1960年。

わたしたちは難民になったときの経験や、最初にオーストラリアにきたときのスコルパ家のやさしさや助けがいかに大切だったかを覚えている。ハリーとベラの娘リリー・スコルパとはいまでも親しくしている。だからわたしたちは、若い家族や、人生を始めるにあたって少しでも助けを必要としている人たちのために、できるかぎりのことをした。

わたしたちは大きな社会の一部であり、すべての人が自由に安全に生きられるよう尽力すべきだということを、わたしは幼いころに教わった。病院に行って自分がつくった機器をみると、日々の生活をよりよくするために使われているのだとわかり、とても幸せな気分になる。それはどんな仕事にもいえる。あなたは教師だろうか？　なら、毎日若い人たちの人生を豊かにしている。あなたはシェフだろうか？　なら、食事をつくるたび、世界に大きな喜びをもたらしている。もしかしたら、自分の仕事が好きではないかもしれないし、気むずかしい人と仕事をしているかもしれない。それでもあなたは、大切なことをしている。わたしたちが住むこの世界に、ささやかかもしれないが、あなたの一部が貢献《こうけん》している。これを忘れてはいけない。今日のあなたの努力は、あなたが出会うことのない人たちにも影響を与えている。よい影響を与えるか、悪い影響を与えるかは、あなた次第だ。毎日、いや一分ごとのあなたの行動の選択が、知らない人を元気づけたり、がっかりさせたりする。選ぶのは簡単だ。そして、選ぶのはあなただ。

第十四章

分かち合えば悲しみは半分に、喜びは倍になる。

オーストラリアでの暮らしは申し分なかった。戦争中の体験を考えれば、まさに天国だ。子どもたちは成長し、それぞれに子どもが生まれた。わたしはとても幸せだった。しかし心の奥にはまだ悲しみがあった。父は五十二歳で亡くなった。いま息子たちはその年齢を超えている。なぜ？　すべての苦しみはいったいなんのためだったのだろう？

わたしたちは苦しみ、そして死んだ。なぜ？　なんのために？　ひとりの狂人のせいだ。理由などない。死んだ六百万のユダヤ人、ナチスに殺された数えきれないほどの人々、そのなかには芸術家、建築家、医師、弁護士、科学者もいた。専門的な教育を受けた人々が生きていたらなにを成し遂げただろうと考えると、悲しくてならない。いまごろ癌《がん》は完治できる病になっていたのかもしれない。しかしナチスにとって、ユダヤ人は人間ではなかった。ユダヤ人を殺すことで世界がなにを失うか、ナチスにはみえていなかった。

何十年ものあいだ、わたしはホロコーストの体験をいっさい語らなかった。傷ついていたからだ。傷ついている人間は、そこから逃れたいと思う。自分の感情と向き合いたくないのだ。父や母、おばやいとこなど愛する人をほぼみんな失ったとき、どうしてその話ができるだろう。体験したことも、失ったものも、あまりにもつらくて、考えることすらできなかった。子どもたちを守りたい気持ちもあったかもしれない。真実を知れば、子どもたちは傷つく。それもあって、わたしは口を閉ざしてきた。

ところが何年もたつうちに、こんなことも考えるようになった。「なぜわたしは生きていて、ほかの人たちは恐ろしい最期を迎えたのか」。最初は、神、あるいは偉大な力のようなものが、人を選びまちがえたのだと思った。わたしが死ぬべきだったのではないかと。しかしそのうち、こう考え始めた。ひょっとしてわたしがまだ生きているのは、それについて話す責任があるからではないか。憎しみがどれほど危険か世界に教える義務があるからではないか。

妻は詩がなにより好きで、わたしは彼女が詩人と結婚してもおかしくないとずっと思っていた。ただわたしの運がよかっただけだろう。言葉を相手にするのは昔から苦手だった。わたしが得意なのは機械関係だ。数学や科学、自分の手でつくることだ。それでも、自分の物語を伝えたいという気持ちはどんどん強くなっていった。

初めて話をした公の場は、カトリック教会だ。ブライトン・ル・サンズに住む親しい友人が敬虔《けいけん》なカトリック教徒で、教会の行事で話をしてほしいと招待してくれたのだ。話すのはつらかったが、おかげで少しだけ自分の殻《から》を破ることができた。

一九七二年、二十人の生存者が集まり、「自分たちの経験を話し始めなくてはならない」という意見が出た。世界は知る必要がある。わたしたちは、協会を設立し、十分な資金を集めてみんなで話ができる場をつくろうと決意した。そして一九八二年、「ユダヤ人ホロコースト生存者オーストラリア協会」として正式に活動を開始した。数年のうちに、わたしの子どもたちも参加するようになり、「ユダヤ人ホロコースト生存者・子孫オーストラリア協会」という名称になった。さらにシドニー・ユダヤ人博物館を設立する場所を探し始めた。

協会のメンバーのひとりが、実業家として大成功しているジョン・ソンダーズと親交があった。ジョン・ソンダーズはフランク・ローウィーと共同でウェストフィールド・グループ〔オーストラリアの不動産開発販売会社〕を設立した人物で、ウェストフィールド・グループが成長し、ちょうどウィリアム通りにウェストフィールドタワーを建設しているころだった。ソンダーズ氏は六百万ドルを投じて、ダーリングハーストにあるマカビアン・ホールに博物館を設立した。マカビアン・ホールは第一次世界大戦に参加したユダヤ人兵士を追悼して一九二三年につくられた建物だ。こうしてシドニー・ユダヤ人博物館ができた。

二〇〇七年、わたしたちは博物館の展示物を増やした。現在ではホロコーストの歴史だけでなく、十六人のユダヤ人が乗船していた最初の植民船団《ファースト・フリート》〔一七八七年、イギリスからニューサウスウェールズ植民地に派遣された船団。乗組員はオーストラリア大陸に入植した最初のヨーロッパ人となる〕にまでさかのぼり、オーストラリアのユダヤ人文化と歴史についての展示もおこなっている。

二〇一一年には生存者が集まり、体験を共有できる小規模なグループを結成した。これはホロコースト犠牲者の追悼に関心のあるユダヤ人ならだれでも参加できる協会とはちがい、生存者のためだけのものだ。グループの名は「フォーカス」という。強制収容所を経験した人――毎日死に直面し、友人が次々に殺されていくなかで風の運ぶ遺体焼却炉のにおいをかいだ経験のある人――の集まりだ。「どこに行けば安全なのか」とたずねて、行くところがないと気づいた人――裏切られ、拷問《ごうもん》され、餓死《がし》寸前の状況にいた人の集まりだ。

わたしたちがそのグループをつくったのは、ようやく体験を語ったことで自分を解放できた気がしたからだ。収容所を経験し、同じように感じ、ほかの人とちがう反応を示してしまう理由を心の底から理解してくれる人といっしょにいる気持ちは、言葉で言い表せない。理解しようとする人はいるし、それは立派なことだと思うが、実際にその経験をしなければ決して本当の意味での理解はできない。どれだけ本を読んでも、どれだけ理解しようと努めても、ホロコーストを生き抜いた人たちにしかわからないはずだ。

わたしが住んでいた自由の国がわたしの監獄《かんごく》になった。わたしは同じように苦しんだ人たちと、このことを共有しなければならない。こんな言葉がある。「分かち合えば悲しみは半分に、喜びは倍になる」。わたしの母語で、わたしたちの気持ちを表現した詩がある。

Menschen sterben（人は死に）
Blumen welken（花は枯れ）
Eisen und Stahl bricht（鉄や鋼《はがね》は壊れるが）
aber unsere Freundschaft nicht（友情は永遠だ）

生存者のなかには、この世界はひどいところで、だれの心にも邪悪な部分があると考え、人生に喜びをみいだせない人がいる。そう、解放されていない人々だ。傷ついた肉体は七十五年前に収容所から出てきたのに、傷ついた心はいまだにそこにとらわれたままなのだ。一度も自由を感じたことのない悲しい生存者を何人も知っているが、自由を感じるには、苦しみという重荷を下に置くことだ。そうすれば幸せを実感できる。わたしも、恐怖と痛みを抱えたままでは真の意味での自由は得られないと気づくのに何年もかかった。

生き残った同胞《どうほう》にドイツ人を許せとは言わない。わたし自身もできなかった。しかしわたしは十分に幸せで、愛と友情に十分に恵まれていたので、彼らに対する怒りを解放できた。いつまでも怒りに心を奪われていても仕方がない。怒りは恐怖を生み、憎しみを生み、死をもたらす。

わたしの世代の多くは、この憎しみと恐怖の影にとりつかれたまま子どもを育てた。しかし、子どもたちに恐れを教えてもまったく意味がない。彼らの人生は彼らのものだ！ 子どもたちはその一瞬一瞬を祝うべきだ。子どもたちをこの世に送り出したあなたは、彼らを支え、助けるべきであって、否定的な考えで抑えつけてはいけない。これは、わたしたち生存者が心得ておくべき大切な教訓だ。自分の心が自由でなくても、子どもたちの自由を奪ってはいけない。わたしはいつも子どもたちにこう言っている。「この世に送り出したのは、おまえたちを愛したかったからだ。恩を感じることはない。わたしが望むのは、おまえたちに愛され尊敬されることだ」。こう言えることが、わたしは誇《ほこ》らしい。家族はわたしの努力の結実なのだ。

子どもたちが成長して楽しく暮らすこと、そして子どもたち自身が親になったときに彼らが感じる幸せを分かち合うこと、これほどすばらしいものはない。これは特別な絆《きずな》だ。わたしは孫ができたとき、とても重要なことを本当の意味で理解した。息子が自分の息子を腕に抱き、その子が成長して大人になり、教育を受け、恋をして新たな人生を築くのを見守ることで喜びを得るのをこの目でみた。これはかつてわたしが自分の息子を見守ることで得たのと同じ喜びだ。わたしはいつも息子たちに貸しなどないと言っているが、息子たちはまったく言うことをきいてくれない！　まったく！　それどころか、わたしが望む以上のものを与えてくれるのだ。

毎日コーヒーを飲むためにテーブルにつくと、かわいい子どもたちの写真に囲まれる。息子のマイケルとアンドレ、ふたりの妻のリンダとエヴァ、孫のダニエル、マーク、フィリップ、カーリー、そしてひ孫のララ、ジョエル、ゾーイ、サミュエル、トビー。その写真にはわたしと最愛の妻フロアーも写っている。そこにはわたしの父と母もいる。地上で短いあいだにわたしに与えてくれた愛がそこにみえる。それは言葉では言い表せないほどすばらしい。子どもたちは先々で困難を経験し、それを乗り越えて成長し、家庭を築き、多くのものを与えてくれたこの社会に恩返しをするだろう。そのためにわたしたちは生きている。だからこそ働き、自分のもつ最高のものを次の世代に伝えようと努力するのだ。

やさしさはなににもまさる富だ。小さな親切は自分が死んでも残る。やさしさと寛大さ、そして仲間への信頼はお金よりも大切だという教えは、父がわたしに与えてくれた最初で最高の教えだ。こんなふうに、父はいつもわたしたちのそばにいて、いつまでも生き続けるだろう。

こんな言葉がある。わたしが人生の指針にし、公《おおやけ》の講演でもよく言う言葉だ。

分かち合える愛が、いつもたくさんありますように、
健康でたくさん生きられますように、
大切に思ってくれる友がたくさんいますように。

90歳の誕生日を迎えたエディ。孫のフィリップ、カーリー、ダニエル、マークとともに。

エディと息子のマイケルとアンドレ、息子たちの妻のリンダ、エヴァとともに。シドニー・ユダヤ人博物館の催しにて。2017年。

未来の世代！　左：エディの孫娘ダニエルと夫のジェリー・グリーンフィールド、ふたりの子どものゾーイ、ララ、ジョエル。右：エディの孫息子マークと妻のレイチェル、ふたりの子どものトビーとサミュエル。

第十五章

分かち合うべきは苦しみではない。希望だ。

わたしは長いあいだ、子どもたちには、強制収容所でのことを話さなかった。重荷を背負わせてはいけないと思ったからだ。子どもたちがその体験を初めて知ったのは、わたしの講演をこっそりきいたときだ。そのころ息子のマイケルはすっかり大きくなっていた。わたしがグレート・シナゴーグでホロコーストの体験を語ると知ったマイケルは、父親から一度もきいたことのない話をきこうと先に会場にいって、厚いカーテンの陰に隠れた。講演が終わると、マイケルは泣きながらカーテンの後ろから出てきてわたしを抱きしめた。これが最初だった。それ以来、講演のとき、息子たちが聴衆に混じっていることもあったが、面と向かっては話せなかった。息子に話そうとするたびに息子と父の顔が重なり、つらくてたまらなかったのだ。

わたしたちが長いこと口をつぐんでいたのはまちがいだったと思うことがある。もっと早く口を開いていれば、この世界をよりよいものにする手助けができたかもしれないし、世界中で広がりつつある憎しみを抑えられたかもしれない。おそらくわたしたちは、それについて十分に語らなかったのだろう。ホロコーストを否定し、実際にあったことを信じない人たちがいる。それなら教えてほしい。六百万人のユダヤ人はどこに行ったのか。わたしはどこで腕に番号を彫りこまれたのか。

わたしが自分の体験を話すのは、いまの自分の義務だと思っている。もし母がここにいたら、こう言うだろう。「わたしに代わって話して。この世界をよりよくするためにがんばって」

何年かして、わたしのメッセージが広まり始めた。とてもうれしい。わたしは何千人もの小学生や政治家や専門家に話してきた。わたしの物語はすべての人に向けたものだ。過去二十年のあいだ、毎年オーストラリア国防大学を訪れ、若い兵士たちに話をしてきた。彼らにわたしの話をきいてほしいからだ。士官はもちろん、特にいつか戦場に立つかもしれない若者たちにきいてもらいたい。わたしのメッセージは、銃を持つかもしれないすべての人にとっても、ひじょうに大切なものだ。

学校で話すたびにわたしはこう言う。「今朝家を出るときに、『お母さん、愛してる』と言った人は手をあげてください」。ある日の夜、家に帰ると妻が言った。「エディ、ミセス・リーという人から電話があったわ。折り返しお電話くださいって」

わたしは電話をした。「ミセス・リー、なにかご用でしょうか」

「ええ、ミスター・ジェイク。娘になにをしたんでしょう？」

「ミセス・リー。わたしはなにもしていませんよ！」

「とんでもない！　あなたは奇跡を起こしてくれました。娘は家に帰ってくるなり、わたしに腕を回して耳元で『ママ、愛してる』とささやいたのです。十七歳の娘が！　いつも口答えばかりなのに」

わたしは出会う若者全員に、こう伝えたい。母親はあなたのためならなんでもしてくれる。その人に感謝を述べて、愛していると伝えよう。なぜ愛する人と口げんかをするのか？　口論するなら、外に出て、道にごみを捨てている人を相手にすればいい。文句を言う相手は、母親以外にいくらでもいる!

わたしは毎週、起きたら妻にキスをして、スーツを着て、ユダヤ人博物館に行って自分の体験を話す。最初のころ、話をききにくるのはユダヤ人の子どもだった。その後、シドニーのほかの学校の子どもがくるようになり、そのうちオーストラリア中の子どもがくるようになった。それから大人――子どもたちの先生や友人や愛する人たち――が、わたしの伝えたい話をききにくるようになった。これはとても感動的だった。学校や地域団体、企業、年齢を問わずいろいろな人が、ホロコーストの教訓をききたいと連絡をくれるようになり、わたしは近くても遠くても出かけるようになった。

ある日、オーストラリア政府から手紙が届いた。それによると、わたしは著名な医師からオーストラリア勲章メダルの候補に推薦され、委員会が検討しているということだった。

二〇一三年五月二日、わたしはフロアーと家族を連れ、シドニーにある総督官邸を訪れ、ニューサウスウェールズ州総督マリー・バシールが主催する式典で、ユダヤ人コミュニティへの功績を称えられ、オーストラリア勲章のメダルを授与された。

なんという光栄だ！　なんとすばらしいことだろう。かつては国のない難民で、悲しみしか知らなかったわたしが、いまはオーストラリア勲章を授与されたエディ・ジェイクだ！

二〇一九年には、ＴＥＤｘ《テデックス》から依頼を受けた。ＴＥＤｘは世界中のさまざまな人の講演やスピーチを主催し、ＴＥＤ《テッド》の「価値あるアイデアを広めよう」という理念のもとに活動している組織だ。彼らはわたしのメッセージを、会場で五千人以上、オンラインで数十万人という、多くの人に広める手助けをしたいと考えていた。二〇一九年五月二十四日、おそらく人生最大の講演をおこなうため、わたしは演壇に立った。何千人もの人の前で話すのは初めてだ！　講演が終わると全員が立ち上がり、拍手が鳴り止まなかった。その後会場では何百人もの人が列をつくり、わたしと握手をしたり、ハグしたりしてくれた。

わたしの話がオンラインで配信され始めてから、二十五万人以上の人が視聴してくれ

左：当時のニューサウスウェールズ州総督だったデイム（ナイトに相当する女性の敬称のひとつ）のマリー・バシールからオーストラリア勲章メダルを受け取るエディ。2013年。
右：アンドレ、フロアー、マイケルと。

TEDx Sydneyで何千人もの新しい友の前で話すエディ。2019年5月。写真2点提供：TEDx Sydney と Visionair Media。

た。テクノロジーの進歩はすばらしい。わたしが子どものころは、まだ電報や伝書鳩でメッセージを送る時代だったというのに、いまでは、わたしの話をきいた人から、感動しましたというメールがくる。先日、アメリカのまったく知らない女性から手書きの手紙が届いた。そこにはこう書かれていた。「十七分〔ＴＥＤまたはＴＥＤｘのプレゼンテーションは通常十八分以内と決められている〕のあなたの話でいろいろ考えさせられ、わたしの人生が変わりました」

想像できるだろうか？　少し前までわたしは、自分の苦しみをだれかと分かち合うことに抵抗があった。しかしいまでは、分かち合うべきものは苦しみではないと知っている。分かち合うべきは希望なのだ。

二〇二〇年、ニューサウスウェールズ・シニア・オーストラリア市民年間賞にノミネートされた。賞はもらえなかったが、最終の四人に残ったのは、百歳にしては悪くない！

わたしはこれからもできるだけ長く自分の体験を話し続けるつもりだ。ユダヤ人博物館は、なかなか引退しないわたしを追い出さなければならなくなるだろう！　疲れたときに考えるのは、生き残れなくて、自分の物語を語ることのできない人のことだ。そして、長い時間がたっても傷が深すぎて語れない人たちのことだ。彼らの代わりにわたしは語る。そして両親の代わりに。

自分のことを話すのはむずかしい。とてもつらいこともある。しかしわたしは自分にこう問いかける。わたしたちが死んでしまったらどうなる。生存者全員が死んだらどうなる。わたしたちの物語は歴史から消えてしまうのか。それとも、人々の記憶に残るのか。新しい時代がきた。世界をよりよくしようという熱い想いを抱く若者の世代だ。彼らはきっとわたしたちが経験した苦しみに耳を傾け、希望を受けついでくれる。

野原にはなにもないが、なにかを育てようと努力すれば庭ができる。それが人生だ。なにかを与えれば、なにかが返ってくる。なにも与えなければ、なにも返ってこない。一輪の花を咲かせるのは奇跡だ。しかし一輪の花を咲かせられれば、もっと多くの花を咲かせられる。一輪の花は、それだけでは終わらない。大きな庭の始まりなのだ。

だからわたしは、ホロコーストについて知りたい人には、だれにでも自分の物語を語り続ける。この思いがたったひとりにでも伝われば、とてもうれしい。それが新しい友、あなたであることを願っている。わたしの物語があなたに伝わりますように。

アウシュヴィッツで唯一没収されなかったベルトを持つエディ。
写真：キャサリン・グリフィス。シドニー・ユダヤ人博物館提供。

エピローグ

いまから七十五年前、終戦直後、ナチスのひとりが戦争犯罪者としてベルギーに拘留《こうりゅう》されていると知り、面会に行った。「なぜだ？　なぜあんなことをしたんだ？」というわたしの問いに彼は答えず、ふるえて泣きだした。人間というより、人間の影のようで、思わず同情しそうになった。悪人にはみえない。その姿は哀れで、すでに死んでいるかのようだ。結局、質問には答えてもらえなかった。

年を重ねれば重ねるほど、「なぜ？」と考えずにはいられない。考えれば解決できる技術的な問題のように思ってしまうのだ。もし相手が機械なら、調べて、原因を突きとめ、どこが悪いのかをみつけ、修理できるのかもしれない。

答は「憎しみ」以外にみつからない。憎しみは病気、がんのようなものだ。敵を倒すかもしれないが、そのうち自分自身も殺してしまう。

自分の不幸を他人のせいにしてはいけない。自分の人生は楽だったと言った人は過去にひとりもいないが、人生を愛せば少しは楽になる。人生を憎めば、生きていられなくなる。だからわたしはやさしくあろうと努力する。わたしは苦しい思いをしてきたが、ナチスに対し、おまえたちはまちがっていたと証明したい。憎しみを抱えている人たちに、まちがっていると伝えたいのだ。

だからわたしはだれも憎まない。ヒトラーさえ憎まない。だが、許してはいない。もし許せば、死んだ六百万人を裏切ることになる。許すことなどできるはずがない。これは、自分の口で言えなくなった六百万人の言葉だ。またわたしは、彼らの人生を生きている。できるかぎり最高の人生を。

人生のもっとも暗い時期から抜け出したとき、これからはずっと幸せに生き、笑顔でいようと誓った。自分がほほえめば、世界がほほえむ。人生はいつも幸せとはかぎらない。つらい日もたくさんある。しかし、生きているのは幸運だ。それを忘れてはいけない。その意味では、いま生きているだれもが幸運だ。ひと呼吸ひと呼吸が贈り物だ。人生は美しいものにしようと思えば、美しいものになる。幸せはあなたの手のなかにある。

七十五年前は、まさか自分に子どもや孫、ひ孫ができるとは思いもしなかった。わたしは世界の最底辺にいた。それがいまは、ここにいる。

どうか、この本を閉じたあと、あなたの人生のすべての瞬間に感謝する時間をつくってほしい。よいときも、悪いときも。涙もあれば、笑いもあるだろう。そして運がよければ、すべてを分かち合える友がいるだろう。それをわたしは生涯を通じて理解した。

どうか、毎日、幸せでいてください、そしてほかの人も幸せにしてあげてください。

世界の友だちになってください。

あなたの新しい友、エディのために。

謝辞

わたしはこれまでずっと、本など書くつもりはなかったし、書くことになるとも思っていなかった。ただ一方で、何年にもわたって多くの人に書くようすすめられたし、また、ホロコースト体験者や友人の多くが自分の体験を文章にして出版してきた。

百歳という高齢《こうれい》になったわたしが、自分の経験や思いを書こうと決意したのは、パン・マクミランにすすめられたからだ。その点で、出版社のケイト・ブレイクと作家のリアム・パイパーに心から感謝する。ケイトはこのプロジェクトに自信をもち、粘り強く取り組んでくれた。リアムはその感性と技術でわたしの言葉をページに綴《つづ》ってくれた。

大切な家族である愛する妻フロアー、息子のマイケルとアンドレのはげましや意見も、ケイトとリアムの尽力と同じくらい重要だった。

この本を彼らと以下の人にささげる。孫のダニエル・ジェイク・グリーンフィールド、マーク・ジェイク、フィリップ・ジェイク、カーリー・ジェイク。ひ孫のララ・グリーンフィールド、ジョエル・グリーンフィールド、ゾーイ・グリーンフィールド、サミュエル・ジェイク、トビー・ジェイク。それからわたしの親せきにも。妹ヨハンナの子孫、リア・ウルフとミリアム・オッペンハイム。大惨事の前にヨーロッパからパレスチナに移った母方のおじモリッツ・アイズンと父方のおばサラ・デサワー。本書は、人類史上もっとも残酷《ざんこく》だった社会に殺されたわたしのすべての親せきをしのぶためのものでもある。みずからの口で話すことができない六百万人の罪のないユダヤ人、彼らとともに滅びた文化、音楽、大きな可能性を思ってこれを書いた。

ホロコーストが終わってから七十五年のあいだに知り合ったすべての友人のことを考えて、これを書いた。

シドニー・ユダヤ人博物館と、一九九二年の開館以来、若い人にも年配の人にもわたしの話をするようはげまし続けてくれたすばらしいスタッフにも感謝しなければならない。博物館はわたしにとって第二の家であり、スタッフやボランティアの方々は第二の家族だ。

英語はわたしの母語ではないし、高齢ということもあり、本を書くのは簡単な作業ではなかった。だが、そのかいがあったと読者のみなさんに思ってもらえれば幸いだ。

人間はひとりでは無力だが、団結すれば強くなる。

この本を読むことで、世界が少しでもよくなることを、そして人間性が少しでも回復することを願っている。また、決して希望は捨てないようにと伝えたい。やさしく、礼儀正しく、愛情あふれた人になるのに遅すぎることはない。

みなさんに、とびきりの幸運を。

Best of luck《ベスト・オブ・ラック》

Alles Gute《アレス・グーテ》

Bonne chance《ボンヌ・シャンス》

あなたの友、

エディ・ジェイク

訳者あとがき

アウシュヴィッツ体験を綴《つづ》ったノンフィクションは数え切れないくらいあって、そのほとんどが同じ痛みや悲しみや憤《いきどお》りを語っているのだが、どれも読むたびに鮮烈で、読むたびに心に刺さる。それはそれぞれの作品にドラマがあるからで、ひとつひとつがその人自身の体験だからだ。そのなかでも、エディ・ジェイクの『世界でいちばん幸せな男』はこれまでにない、じつにユニークな作品といっていい。

まず、彼の体験そのものが信じられないほど波乱に満ちている。まるでスパイ映画か冒険映画のような人生なのだ。

ユダヤ人という理由で中等教育が受けられなくなったエディは十三歳のときから身元を偽《いつわ》って暮らすことになる。父親のコネで、ドイツ人孤児《こじ》の身分証明書を偽造《ぎぞう》してもらい、機械工学の専門学校に入学するのだ。そして、十八歳で最優秀生に選ばれ卒業するのだが、一九三八年、反ユダヤ主義者たちの大暴動「水晶の夜《クリスタル・ナハト》」の波にさらわれ、ブーヘンヴァルト強制収容所に送られる。

しかし翌年、機械技師としての腕を買われてデッサウにある航空工場に派遣《はけん》されることになるのだが、迎えにきた父親とふたりで国境へ向かい、ベルギーに逃げる。ところが、国境を走る道路で父親はドイツにもどってしまう。

ところがベルギーでようやく自由を得た二週間後、今度はユダヤ人としてではなく、不法に国境を越えたドイツ人として逮捕《たいほ》され、ほかの四千人のドイツ人といっしょに、エグザルテ難民キャンプに入れられる。そこでの扱いはそれほど悪くはなかったのだが、翌年、ドイツがベルギーに侵攻し、被収容者の状況が一変する。ナチスの協力者が被収容者をドイツに引き渡し始めるのだ。

そこでイギリスに亡命しようと、仲間とダンケルクに向かうが、ちょうど一九四〇年五月、ダンケルクの戦いのまっ最中。ドイツ軍の猛攻撃のなか、イギリスは軍用艦から商船、漁船、ヨットまでを使って英国軍を撤退させようとしている。エディたちは乗せてもらおうとするが「イギリス兵だけなんだ。悪いな」と断られ、しかたなく、延々と南仏まで歩いていく。

ところが……。

まさに「ところが」と「しかし」と「だが」という逆接の接続詞を次々と使いながら語るしかない凄絶《せいぜつ》な体験がリアルに描かれていく。

しかし……彼がアウシュヴィッツに着くのはまだまだ先のことで、その間にはさらに過酷な事件や出来事が待ち受けている。本書の中心部分は彼がアウシュヴィッツに着いたところから始まるのだが……。

エディは非情な運命に翻弄《ほんろう》されながらも、体力と精神力と、教育で身につけた知識・技術を武器に必死に戦い、生きのびる。

これだけでも読み物としては十分に魅力的なのだが、この本の魅力はそこにはない。読み終えた方はよくわかっているだろう。父親を失い、母親を失い、親せきを失い、友人や仲間を失い続ける生活のなかで、自分を支えてきてくれたものを、エディはここで語っているのだ。それはプロローグにもしっかり書かれているし、この本のタイトルにもそのまま表れている。
ただ、本書を何度か読み返して感じるのは、体験を語ることのつらさだ。彼自身、こういっている。

子どもたちがその体験を初めて知ったのは、わたしの講演をこっそりきいたときだ。そのころ息子のマイケルはすっかり大きくなっていた。(中略) それ以来、講演のとき、息子たちが聴衆に混じっていることもあったが、面と向かっては話せなかった。息子に話そうとするたびに息子と父の顔が重なり、つらくてたまらなかったのだ。

この「つらさ」と「幸せは選ぶことができる。選ぶかどうかは自分次第だ」というプロローグの言葉を重ねて考えるとき、この作品はとても大きな問題をわれわれに突きつけているような気がしてならない。

最後になりましたが、この本をまかせてくださった編集者の渡辺史絵さん、翻訳に付き合ってくださった中野眞由美さん、笹山裕子さん、小林みきさん、いくつかの質問に快く答えてくださった作者のエディ・ジェイクさんに心からの感謝を！

二〇二一年五月七日

金原瑞人

エディ・ジェイク（Eddie Jaku）
1920年4月14日にドイツで生まれたユダヤ人。ナチス政権下、ブーヘンヴァルトやアウシュヴィッツなどの強制収容所に送られる。両親はアウシュヴィッツのガス室で殺された。1945年、「死の行進」の最中に脱出し、アメリカ軍に救出される。1950年、家族とともにオーストラリアに移住。1992年より、シドニーのユダヤ人博物館でボランティアを始め、2016年頃よりYouTubeなどでも自身の体験を語り始める。2019年のTED TALKSへの出演は世界的な大反響を呼んだ。2021年10月没。

金原瑞人（かねはら・みずひと）
翻訳家、法政大学教授。1954年、岡山市生まれ。訳書は児童書、ヤングアダルト小説、一般書、ノンフィクションなど、550点以上。訳書にフーズ『ナチスに挑戦した少年たち』、共訳書にマタール『帰還』、モリス『アウシュヴィッツのタトゥー係』など多数。

地図製作：平凡社地図出版

世界《せかい》でいちばん幸《しあわ》せな男《おとこ》
——101歳《さい》、アウシュヴィッツ生存者《せいぞんしゃ》が語《かた》る
美《うつく》しい人生《じんせい》の見《み》つけ方《かた》

2021年7月30日　初版発行
2023年4月30日　３刷発行

著　者　エディ・ジェイク
訳　者　金原瑞人
装丁者　木庭貴信（オクターヴ）
発行者　小野寺優
発行所　株式会社河出書房新社
〒151-0051　東京都渋谷区千駄ヶ谷2-32-2
電話　（03）3404-1201［営業］（03）3404-8611［編集］
https://www.kawade.co.jp/
印　刷　株式会社亨有堂印刷所
製　本　小泉製本株式会社
Printed in Japan
ISBN978-4-309-20832-9